回望诗经

雍也 著

百花洲文艺出版社
BAIHUAZHOU LITERATURE AND ART PRESS

图书在版编目（CIP）数据

回望诗经 / 雍也著. -- 南昌：百花洲文艺出版社，
2021.5

ISBN 978-7-5500-4214-8

Ⅰ.①回… Ⅱ.①雍… Ⅲ.①散文集-中国-当代

Ⅳ.①I267

中国版本图书馆 CIP 数据核字（2021）第 054771 号

回望诗经
HUIWANG SHIJING

雍也　著

出 版 人	章华荣
责任编辑	蔡央扬　郝玮刚
特约编辑	胡永其
封面设计	书香力扬
书籍装帧	兰　芬
制　　作	书香力扬
出版发行	百花洲文艺出版社
社　　址	南昌市红谷滩区世贸路 898 号博能中心 A 座 20 楼
邮　　编	330038
经　　销	全国新华书店
印　　刷	成都兴怡包装装潢有限公司
开　　本	880mm×1230mm　1/32　　印张　7.125
版　　次	2021 年 7 月第 1 版第 1 次印刷
字　　数	160 千字
书　　号	ISBN 978-7-5500-4214-8
定　　价	48.00 元

赣版权登字　05-2021-143

网址　http://www.bhzwy.com

图书若有印装错误，影响阅读，可向承印厂联系调换。

内容提要 ·· ▪

　　将《诗经》与个人经历、人生经验，以及文学、历史、社会、家国等密码汇于一书。或视《诗经》之一处为矿脉基点深挖细掘，寻宝拾金；或以《诗经》之一线索为经纬，缝天织地，其华灼灼；或自《诗经》之内衔出一叶撒向人间莽莽苍苍；或从当下拾起一石投向《诗经》大水汤汤。其念思接千载视通万里，其文旁逸斜出摇曳多姿。旁征博引，言说多有依傍；机锋迭现，亦成一家之言。集文学性与学术性于一体，熔探究性与思辨性于一炉，续历史性与当下性于一脉，寓严肃性与幽默性于一端。见人见事见思想，有情有义有气象。

一望无际的诗经

（邓代昆题。邓代昆：成都市博物馆书画院院长、成都市文史研究馆员、国家一级美术师）

序 1

礼敬经典的独特文本

——雍也《回望诗经》序

李明泉

考察人类文学艺术发展史，随着"吭吁吭吁"劳动号子的兴起，口头语言成为释放内心情绪和交流表达情感的工具，而文字出现之后，歌诗最早成为表音、表意和逻辑系统，生动形象地记录和传播着人们的所见所闻所感所思。考古发现，世界上最早的诗歌是来自幼发拉底河与底格里斯河两河流域之间的美索不达米亚平原的《吉尔伽美什史诗》（*The Epic of Gilgamesh*），记述了古美索不达米亚英雄吉尔伽美什的故事和丰功伟业。在中国文学史上，最早的诗歌集是《诗经》，收录了西周初年至春秋中叶（约公元前 11 世纪至公元前 6 世纪）的诗歌，共 311 篇，分《风》《雅》《颂》三部分，开创和形成了我国诗歌艺术的民族风格。在两千五百多年前产生了如此众多高水平的抒情诗篇，是世界文学史上的奇迹。《诗经》表现出的对生活的热爱，对人性的礼赞，对生命的颂扬，被后人概括为"风雅"精神，直接影响了中国文学的走势，成为独具魅力的中华美学精神的诗性源头。

　　学习研读《诗经》，已成为我国国民的一种文化自觉。《诗经》的《风》《雅》《颂》品质已内化为中华民族的文化基因。雍也在本书末尾《结缘诗经》讲了两个故事：一忆外婆。小时候，外婆这位目不识丁的农村妇女口中冒出的许多语言，竟是《三字经》《增广贤文》甚至《诗经》用语，如"悠哉游哉"，出自诗经《关雎》或《采菽》；"跳兮打兮"，雍也认为它源自《子衿》"挑兮达兮"。"现在回想起来，外婆笑骂舅舅的语言或许是我接触到的最早的诗经语言。"这些典雅的书面语被老百姓信手拈来化而用之，显得妥妥帖帖而又妙趣横生。二讲亲戚。作者在一次高中暑假到原万源市罗文镇花楼乡的一个亲戚家做客，只见门框上悬挂着一副对联："桃之夭夭灼灼其华窈窕淑女君子好逑，杨柳依依悠悠我心宴尔新昏如兄如弟。横批——之子于归。"在这莽莽苍苍的荒僻之地，在这低低矮矮的小小院落，能看到这样一副笔力深厚并将《桃夭》《关雎》《子衿》等多首诗融汇贯通而又诗意贴切，寓意美好而又珠联璧合的对联，实在让人惊讶不已。原来这是只上了四年小学的亲戚"麻起胆子为儿子儿媳结婚写的"。在大巴山深处，一个整天与山林土地、背篼锄头打交道的淳朴的中年人还懂古奥的《诗经》，还能化用典雅的《诗经》，还写一手颇有功底的毛笔字。这真是高手在民间！正因为《诗经》影响广泛而深远，要读出其新趣，解出其新意，写出其新韵，就难上加难了。

　　雍也这本有关《诗经》的书，写法别致，读来轻松，确实是一部很有意思的著作。

　　这是一本别具一格的作品。研读《诗经》之作，常见的无外以下几种：《诗经》注译之作，《诗经》解读之作，《诗经》研究之作，《诗经》漫谈之作，《诗经》改写之作（如散文化、小品化）。这本书的特点就在于它像钱锺书先生所说的"打通界限，为无町畦"，将注译、解读、研究、漫谈、申说等熔为一炉，更令人耳目一新的是，雍也将自己的人生经验、社会经历融入其中，让"《回望诗经》"与自己、与文学、与历史、与社会、与当下"亲密接触"，而且用文化散文笔法，铺排陈述，幽默表达，既有文献梳理，又有史料佐证，既有专题论述，又有深入分析，既有生活感悟，又有现实回响，是对《诗经》的别样解读与抒写。

这是一本饶有趣味的作品。首先是选题切入角度有趣，如《一望无际的爱情》《〈诗经〉也有幽默》《小公务员的牢骚》《〈诗经〉里走出来的好干部》《〈诗经〉第一粉丝》《客家话与山歌里的〈诗经〉遗风》《日本〈诗经〉亦多姿》等，其题目就吸引人。其次是行文语言幽默风趣，展开想象再现历史场景，具有强烈的文字带入感，使讲述的历史故事生动有趣。如叙述周王宴饮群臣：

《鹿鸣》反映的是什么呢？是周天子用好酒好肉外加中央乐团招待手下，而且给他们发红包。估计是年终开总结大会，主持人先招呼大家安静下来，说："喂喂，大家请安静，将喉咙调至振动，下面请老大发表重要讲话。"然后周天子走上讲台，清了清嗓子发表讲话："同志们好！你们都是人品好、作风正、业绩优的好干部！这一年来你们辛苦了！感谢你们对我的支持与帮助！今天我把最优秀的音乐家请出来为大家演奏，把窖藏的几坛老酒抱出来分享，大家喝安逸哟！首先，这里为大家准备了一个小小的红包，不成敬意哈！请大家收下，回去后不一定上交老婆哈！（会场里响起一片笑声）再次感谢大家！来，让我们一起先干一杯！共同庆祝这一年来取得的巨大成绩！"（啪啪啪啪！估计下面响起热烈而长久的掌声！许多同志因此流下了感动的泪水）

又如描述朱熹看《诗经》情诗的不爽：

如果换成朱熹之徒来编订《诗三百》，估计他们会把眉脸皱得像核桃壳，脑袋会像吃了摇头丸一直摇下去，直到摇不下去。估计他们看到每一首爱情诗都像吃到一只苍蝇，连忙跑到厕所恶心呕吐半天才回过神来，最后翻着白眼说："呜呼！斯女何其淫也！淫诗何其多也！"因此这些仁兄编出的《诗经》估计都是《诗经》尾巴上那些属于周朝主旋律的庙堂之诗——颂诗。

再如描绘安禄山跳胡旋舞：

其实那个长得肥头大耳、大腹便便，像功夫熊猫一样往下看不到自己脚趾的安禄山也是一个舞蹈家，他跳的民族舞蹈胡旋舞也是盖了帽的。安禄山出身粟特族，是个"胡人"。据《旧唐书·安禄山传》记载，他"腹垂过膝，重三百三十斤……至玄宗前作胡旋舞，疾如风焉"。这厮"人面猪相，心头嘹亮"，表面憨头憨脑，实则精明狡猾，对领导及第一夫人态度又好，嘴巴又甜，还会"闹笑话"——如闹着拜小自己一大把年龄的杨玉环为干妈，并让杨为自己"洗三"，是唐玄宗、杨玉环眼中的活宝和开心果。想象一下：当这个大腹便便的巨无霸像一个华丽的陀螺一样转起来，像呼呼生风的飞碟一样飞过来，那将是宫廷文艺晚会上的一道靓丽风景甚至是一阵飓风，一定会使杨贵妃惊喜到偎在李隆基怀里花枝乱颤、惊叫连连。估计安禄山跳得太拉风，据说杨玉环也闹着要学，经李隆基批准，安禄山还手把手地教过杨玉环跳胡旋舞。这简直是一头大象与一只小白兔的翩翩起舞。当然谁也不会想到这个死胖子是一颗引爆摧毁大唐盛世的定时炸弹。

这些戏谑性描写，无不异常鲜活生动，幽默风趣，让人忍俊不禁。雍也曾经对幽默下过定义："幽默是生活、思想、心态、情趣和智慧共同孕育出的思维的精灵，绽放出的语言的花朵，生发出的积极的能量。"（雍也《龙泉山笔记·龙泉山下遇铁凝》）表现了作者对幽默艺术的深入探究，其文也体现了非常高的幽默水平。

再次是史料选择鲜活。如刘邦回乡的一系列神操作，王戎夫妻的"卿卿我我"，秦宣太后答使者问，夏姬的风流艳事等都让人捧腹，也让人感叹：原来干枯风化的历史也可以这样有趣！

可以说，这是一本为《诗经》按摩，让《诗经》放松，把《诗经》激活的有趣的作品。从中可看出雍也为文自由奔放、摇曳多姿，也可看出雍也为人的幽默精神。

这是一本见解独到的作品。一是在《诗经》解读评析上不人云亦云。例如作者对《候人》一诗的解读，作者就一反历史上几乎一边倒的认定其为政治讽刺诗的看法，通过引述闻一多对《诗经》"鱼"与"饥"的独特解释，引用日本学者白川静对日本歌垣的研究成果，并从诗歌内容角度综合分析，从而得出结论其为爱情诗。应该说是言之成理、令人信服的。再如作者通过分析《诗经》中一部分情诗的爱情表达方式、生活场景，及诗歌语言，得出《诗经》中相当一部分民歌是城市民谣，也是颇具说服力的。再如作者一反文学史上几乎是通论定论的认识，独具慧眼地指出《雅歌》不是现实主义作品而是浪漫主义作品。体现了作者独立思考和不"随人说短长"的勇气。

二是在知人论世上独出心裁。例如作者对孔子青睐《诗经》全盘认可的分析，指出是其"心灵眼界和胸襟的宽阔度、丰美度、和谐度、自由度、细腻度，对艺术与美的感知度、亲近度、敏感度"所致。作者对朱熹等理学家将《诗经》中许多健康美好的诗定性为"淫诗"，将符合天道人情的追求爱情自由行为说成是"淫奔"非常不满，对理学走火入魔以至以"礼教杀人"非常痛恨，但又客观地指出朱熹对文学的鉴赏力高，对《诗经》研究的贡献巨大，显示出作者的不凡识见与辩证思维。

在《一望无际的爱情》中，作者认为《诗经》里写了各种形式风格的爱情：如火如荼的爱情、如花如诗的爱情、如泣如诉的爱情、如云如烟的爱情。那个大声喊出"髧彼两髦，实维我仪"（"那个头发齐眉的小帅哥，是我心动的好情郎"），大声表达"之死矢靡它"（"至死不变心"），大声控诉"母也天只！不谅人只！"（"我的妈呀，我的天哪，为何对我不体谅！"）的姑娘，内心不是一团火？就是那个反复呼唤着意中人赶紧前来摘"我"这只熟透的梅子的姑娘（"求我庶士，迨其吉兮！""求我庶士，迨其今兮！""求我庶士，迨其谓之！"），让人看到的也是其热辣辣的喷薄而出的情感。更有两情相悦、如胶似漆，爱到不能自持后"天做被来地做床"，直接在天地间完成了并非"父母之命，媒妁之言"的人生大事（《野有蔓草》）。作者认为《丘中有麻》是最辣眼的，那一刻，五彩祥云为之翩翩起舞，牛羊鹿马为之引颈长鸣，河水溪流为之欢欣歌吟，山岚晓雾为之殷勤做帐……它把一见钟情、两情相悦描写得竟然如此美妙，令人不禁感叹先人的自由、浪漫、多情和才气！

雍也研读《诗经》细微深入，别有洞天。在《女性的黄金时代》一文里，他认为《诗经》中的女性形象非常丰富美丽，至少有十大类：贤淑端庄型、温柔敦厚型、勤俭持家型、谨小慎微型、活泼可爱型、大胆泼辣型、深情缱绻型、敢作敢为型、刚强自立型、自尊自爱型。而《诗经》中的男性形象并不丰富，基本上可分为两大类：一是"直男"型，即一往情深型；二是渣男型，即薄情寡义型。所有诗歌中最令人印象深刻的是大胆泼辣型、敢作敢为型、坦白率真型、深情幽怨型。其中最后一种在《诗经》中非常醒目，因其如泣如诉的歌咏直击人心，虽婉转低沉却楚楚动人，虽语多悲戚，却别有风韵，如《氓》《伯兮》《子衿》等。从人文形象的独特性、与后世相比较的差异性上，则前三种更加引人注目。大胆泼辣型者，如《褰裳》《溱洧》等；敢作敢为型者，如《大车》《柏舟》等；坦白率真型者，如《摽有梅》《草虫》等。《褰裳》中那位姑娘，明确地告诉男朋友，想念她就撩起裤脚过河来相会；直白地告诉对方，追求她的优秀小伙子有的是（意即"好就好，不好就拉倒"）；半是亲密半是笑闹半是戏谑半是嘲讽地称呼对方为"狂童"（狂妄小子）。歌谣虽短，却意味深长。这里有对情人的责备、劝诫、提醒、警告，也有后来封建社会中中国女人难得的自信自立、自主自由，特别热辣爽快，颇有现代女强人、女汉子的风采。《摽有梅》中的女子热切地期待、呼唤、鼓励意中人快来摘她这只已经熟透的梅子。其坦白直率让人吃惊。

在《爱情的源头》里，作者发现"如果擦掉蒙在《诗经》上厚厚的灰尘，特别是后世儒家之徒、理学道学之士为之施加的一层层涂脂抹粉的颜料，会发现国风之诗绝大部分是呼朋引伴念兹在兹的爱情诗，这些爱情诗又是情欲奔流、爱之火山喷涌的记录"。认为《野有蔓草》叙写的是一对在野外邂逅的青年男女两情相悦、自由结合的故事。他们的相遇、相识、相知、相爱就是那一天蓬勃生长的草木上两滴最大最晶莹的露珠的相拥相融，也是天地间一场美丽如虹的云雾的因缘际会。毫无疑问这是《诗经》也是中国文学史上最璀璨的露珠。他从《诗经》有关性爱的作品得出结论：早期的爱与性是自然的、率真的、大方的、健康的。《诗经》所载也是符合人类社会发展规律的，是特定历史阶段人类婚恋的正常表现形式，像人之青春期开始遗精或来初潮一样是人类青春期生命和社会的正常现象。顾颉刚先生有言："一切诗歌的出发点是性爱。这是天地间的正气，宝爱之暇，何所用其惭怍。所以中国第一部诗集——《诗经》——里包含的情诗很多，作者老实地歌唱，编者老实地收录，他们只觉得这是人类应有的情感，而这些诗是忠于情感的产品。"（《史迹俗辨·诗歌的出发点是性爱》）可以说，爱情、情爱，始终是人类文学艺术咏叹抒写的主题，从《吉尔伽美什史诗》《诗经》到《再别康桥》《致橡树》，莫不如此。

本书附录《回首云山久徘徊——写在雍国泰先生百年诞辰》一文，看似与《诗经》毫不相干，却实有深意。雍国泰先生也是我读大学时的老师。他身上具有的野鹤独立、自由奔放、幽默达观品格，与两千五百年前的《诗经》美学旨趣具有诗性渊源和内在联系。这也体现了雍也尊师尚德的品质和良苦用心。

中国近代大儒王国维曾说："诗人对宇宙人生，须入乎其内，又须出乎其外。入乎其内，故能写之，出乎其外，故能观之。入乎其内，故有生气，出乎其外，故有高致。"以此观之，雍也做到了入乎《诗经》，出乎《诗经》，在行文中显示出"有生气""有高致"的学术散文追求。本书对于传承弘扬优秀传统中华文化经典无疑是大有裨益的，值得读者椅上、枕上、车上捧读，或许会引发感想心得。

我想特别说的是，雍也"把别人喝咖啡的时间用在写作上"，完全利用业余时间完成了这部集文学性和学术性于一体的并非业余水平的著作，殊为难能可贵，其"博学之，审问之，慎思之，明辨之，笃行之"，令人不得不颔首称许，伸手点赞。

是为序。

二〇二〇年十二月二十一日于大邑云上

（李明泉：中国文艺评论家协会副主席、四川省社科院二级研究员）

序 2

时间深处的生命心影

——雍也《回望诗经》书感

伍立杨

　　这是作家雍也最新著述。《回望诗经》依托文学古籍或曰历史事件的叙事呈现其真实性，晓畅富有力道的文风呈现学术的通俗性或历史的文学性，但又在相当通俗化和文学性的叙事中保持着历史的真实。值此文风凋敝、文体衰微之际，读之深有触动。

　　作者以深沉的情感、鲜活的笔触，将史与诗、人与梦、生态与地理、情感与生命、情爱与情怀……娓娓道来。笔端荷载发掘人文历史、传承情感生命的责任，节点清晰、棱角分明地提取历史信息，勾勒衍变脉络，同时也通过文字的延伸，无远弗届地打通时空隧道，仰望远古至今绚烂的生命心影。

　　雍也的诗经叙事融创作、史学、见识于一体：创作方面，追求清新灵妙的文风、生动活泼的语言；史学方面，驾轻就熟地运用多种史料文献，善于将生僻的材料隐藏于文采斐然的叙事之中；见识方面，往往以设身处地、换位思考、知人论世等方法吸引读者进入具体的历史场景之中，其评论与见解渊然引发读者的共鸣。换言之，雍也以灵动清新而不乏深刻的叙事方式，将才、学、识三者有机统一，与崇尚通篇说理的学院派迥然有别，可谓当下著述界的一股清流。

《诗经》产生于一片神奇辽阔的土地，地理单元的独特性，造就了一方天地的文化品格；历史的延续性和连贯性，又延伸着本区域生生不息的文化传统。民风民俗是特定社会文化区域内历代人们共同遵守的行为模式，涵盖着历史沉淀及当时社会状况的场景，不仅有较高的艺术价值，更具历史价值。

不以辩证为目的，却能尽辩证之用。雍也的观察，一是叙述观念的革新，另一面就是内容的变换。其最大要素，就是把历史的背阴处移动到灯下和明亮的地方来，把寻常的历史图景换成足以代表历史生命的图景，并以此图景来沟通现代人的感情意识。这样，历史的干涸图景顿时活跃起来，转换成跟今人一样的活灵活现的人生。在此，我们惊讶地见识了大地生灵的苦闷、寄托、喜悦和创造，见识了他们对美的追求以及对自由的期盼，即时间深处绚烂不灭的辉光。

作者幼童时期在外婆家与《诗经》结缘，因此可以说《诗经》亦是另一种"外婆家"，从生活场景到日常用语皆然。其间，又不只是古代生活场景对于童年记忆的启示，即令读书或者从书本上对于《诗经》的认识也来自于外婆家，也即从直观感受到间接的知识领悟，均与外婆家有关。且在"莽莽苍苍的荒僻之地，在这低低矮矮的小小院落"，为诗经的文化血脉潜在的强大影响而震撼不已，如此一来，自然产生"礼失而求诸野"的无尽感喟。

雍也的童年青年时期的生活经历，可以视为一种另类的田野调查，那个时期的雍也本人，经历了去古未远的乡村生活，为这部大书积淀了原生素材和中国情怀。在求学深造与工作机遇的转换中，种种偶然和必然的阅历感悟，促成了他的思索结晶。

在他笔下，《诗经》绝非仅仅以文学面目出现，而是涵盖了强大人性心影的生命史料，所以他的笔触充满辩证的能动性。

分封建国构架下的土地与生命，作者搜拣文字碎片，钩沉探微，悉心辨析，领悟其间的血脉信息，别构一部人生与社会，人性与人文的复杂心史。以诗证史，同时也以创作因应考辨。恰如《一望无际的爱情》的开篇，作者的诗作令人迅捷进入时间深处的迷醉。作者谈诗经中情诗的铺垫和引领，从田畴野旷、男女目光……做了淋漓尽致的解读与发掘。且与今之乡野原生态民歌互证，与今人的作品互证。美是自由的象征，于爱情亦然。引述名学者的论断，而以民俗、民风的境况加以实证。文学、史学、美学、历史地理学、民俗学……艺术起源的指向性，多侧面的印证、阐释、辨析。

关于汉民族歌舞的起源、蔓延、变异、式微的全过程，对人心、人性的影响，以及其传统伦理的载沉载浮的关系，尤其对于先民的舞蹈传统的衰微之因果关系有着思入微茫的辨析。

无论是考证、辨析、探寻、追踪、拷问……随时随地，自然而然，如水泻地，展现出作者作为一位诗人、作家、思想者的特殊禀赋，也即他整部著述考析本身是一种创作，而其创作的优长又化为叙事的笔触，深入到文章的每一细部，这种创作型的研究就其独到的文体风格而言，可谓只此一家，别无分店。创作类文字的楔入，对于研判、辩证而言，尤有画龙点睛之效。

《诗经》中的女性形象非常丰富美丽。这些多姿多彩的女性像春天原野上粲然绽放的花朵，摇曳生姿，令人顾盼流连；像夜空熠熠闪光的星星，眉眼含情，令人神往着迷；像悠游于天地的清风白云，自由自在，令人心生艳羡；像出没于山川大地的精灵仙子，倩兮盼兮，令人心旌摇动。

然而"清风流水"遭遇"以礼杀人"，遭遇"存天理灭人欲"，其间的代价，对后世的生存，人心的走向，具毁灭性打击。以此《回望诗经》时代那"女性的一个当之无愧的黄金时代"，在作者的反复申说之下，则尤为警切。

与前人解诗大异其趣，乃因其解读系从人心、人性、人情出发，例如解读《丘中有麻》《草虫》《野有蔓草》的异同，意义解读系为后人戕害，大动手脚，"加班加点做了个焊接"……而得出结论："认为《丘中有麻》绿色无公害老少皆宜，其实不然。"直指要害，确乎是关乎痛痒的解读。

《诗经》中所涵盖的饱满旺盛的生命力，幻化为作者笔下的精神气度，其中自然包含着作者的知识学养的深度，灵魂境界的高度，情商的宽度与密度。用布封的话说，就是：风格即人。文章的厚度，来自于他的博览群籍和悉心观察；判断的精切，来自于感悟之深和眼光的犀利。以文学化、通俗化的语言叙述判断，以颇具力道的幽默的笔调讲述历史，亦谐亦庄、生动形象的比喻表达深刻的历史内涵，以设问的方式增强作品的感染力，就接受美学而言，读者仿佛身临其境。

　　既有高屋建瓴的联类解析，也有单个个体的详尽解剖。将散文的、诗意的笔触用之于描述，与史家或前人论断相嫁接，获得高度的融合。《打开一首诗歌的钥匙》引闻一多之说，并对照前人论断而加以引申，牵连既广见解尤为敏锐精辟。"爱情，也只有爱情，才是打开这首晦涩难懂诗歌的钥匙。"

　　哲学的深而宛，美学的悟而透，社会学的广而杂，人文地理的野而逸，各种俚语、歇后语、新典故，有机放置于叙述的字里行间，忽起忽落，信马由缰，效果极佳，即在深切的判断结裹之中，忽有幽花照眼的明亮。气势和深刻之外，别有一种诙谐生动，妙趣横生。

　　"这位仁兄当了皇帝后衣锦还乡，召集原来生产队的父老乡亲吃坝坝宴，在宴会上，不仅有他亲自安排当地政府组织的一百二十人的少儿合唱团助兴……""现在闻起这首诗都是满满的酒气"……"瓜婆娘""躲猫猫""人面猪相，心头嘹亮""生男当个金包卵，生女当个缺角碗"……以民间俚语证史，鞭辟入里，如其论述《诗经》中的幽默，而其论叙文笔的幽默活力也未遑多让。

　　诸如"他的心情像这时候的天空，几乎看不到太多亮色；他的身心像朦胧的四野，几乎还处于惺忪和疲累之中；他的未来像这时候的天色，几乎看不到前景……"这类形象深切的申说解析，可谓比比皆是。

　　解析《皇皇者华》亦然。多角度印证同类相近作品的各个侧面，不仅场景还原描写引人入胜，而且对于其心理的探究，油然联络到戚继光的名作加以补充阐释，确乎传神之至。这是梳理《诗经》中的好干部，好在"整个西周像一艘巨大的泰坦尼克号不断下沉的过程中，出现了不少的警示呐喊之作"……甚至将后世的为政之道、履职之心还原到《诗经》的源头之上。

对《诗经》中的城市民谣的定位可谓耳目一新。其论时尚、时髦，比之于当代的沿海开放，谓之很潮、很港……再引证钱锺书、杨升庵之说，而对西周时期青年人的生活状态，知人论世，见微知著，犀利传神，入木三分。

从客家话与山歌看《诗经》遗风，自语言学、语源学、文字学角度，拈出隐隐约约而又千丝万缕的神秘联系，力证古汉语活化石的客家话之生命力。

通过《诗经》考论上古婚恋形态，创造性的见解和批判性，甚至以当代小说家笔下的描述倒推印证，然后再以《诗经》为基准，往下梳理两千年来的婚恋变异。在时间光辉的映照之下，尤见后世理学家的种种不堪，违人性、悖人伦，对于生命力的毁伤……

作者以为孔子是《诗经》的第一也是最大的粉丝。在孔氏眼中《诗经》是浑金璞玉，光泽迷人；是袖珍百科全书，历久弥新。"虽然举世滔滔，他的内心却自有一份安逸宁静；虽然满目污浊，他的天地却自有一块风烟俱净、纤尘不染的净土……"这册宁也可以说是作者的夫子自道，和他形神皆备的自画像。一番反复比勘、论证孔子与后世说诗者的天渊之别，似乎可触可感那种心性上的悬殊。

至于谈及日本《诗经》，则拈出日本诗的风味，及社会生活的折射，其与《诗经》间接的却又藕断丝连的精神联系。同样是比较《诗经》和西方的《雅歌》，则是比较文学梳理打通的范例，概貌的比较，和细部的异同辨析，以及与之相关的各时期名作的举证参照，淋漓尽致而又深入腠理。雍也举重若轻地打破空间上的中、外，时间上的古、今，以及各个人文学科的藩篱，发而为文，使得他能够周览四野，不以一方之见，而摄万端之变，善于发前人之所未发，启人心智，新人耳目，而且能够纵横交错，左右逢源，创设出充分地驰骋其想象力的空间，达至随心所欲不逾矩的自由与必然的统一。

这是一部奇书。着眼于时代大背景的宏观和微观的现实，由此生成的洞察力，在其非他个人莫属的独到语境中抒发致敬生命的情怀。深层次的灵魂拷问，深远的思想追寻，无远弗届，上下求索。鲜明的文化特质、表述心理、气质和判断，皆具极强的开放性和想象力。

雍也葆有一种绝不失语于社会现实的作家和思考者的先天的责任感，描绘的是人内心的罕见的深度。从时间缝隙深处抒发的历史感慨，深刻、悲惋、苍凉、沉挚、唏嘘……由此致力于观念空间混沌的厘清、究诘和探寻，并表现为一种力量和气魄，从而勾画出他的心情愿景的思想轮廓。这个过程是复调的，而非单一的；是多面的，而非片面的；是多声部的，而非独唱式的。

这个美丽多情而美妙多趣的女子一定是那个薄雾缥缈的清晨里一个飘逸闪耀的精灵，而这个帅气而多情的男子一定是这个女子梦中与之一起在山川大地之上自由飞翔的神鸟。他们的相互看见是两颗星像耀斑一样相互凝视，他们的靠近是两颗颤抖的心像两条淙淙的泉流一样相聚相依。其实，他们的相遇、相识、相知、相爱就是那一天蓬勃生长的草木上两滴最大最晶莹的露珠的相拥相融，也是天地间一场美丽如虹的云雾的因缘际会。毫无疑问，这是《诗经》也是中国文学史上最璀璨的露珠。

二〇二〇年十二月中旬写于成都狮子山

（伍立杨：四川省作协副主席，《当代文坛》原主编）

目　录

一望无际的爱情

《诗经》里到处长满

郁郁葱葱的爱情

那里的田边地角江河山林

边关羁旅甚至王宫禁地

以及夜色愈暗

思念愈明的地方

处处生长着嫩绿的爱情

在土肥水美的郑卫之地

长势尤为喜人

一簇簇摇曳着

露珠和日月的光影

…………

是沧海桑田还是气候流变

后来

我们已难以看到

一望无际茂密生长的爱情

这是我一首名为《〈诗经〉里长满郁郁葱葱的爱情》的诗。虽然，《诗经》和任何一部伟大的作品一样，"横看成岭侧成峰，远近高低各不同"，甚至像《红楼梦》一样，"经学家看见《易》，道学家看见淫，才子看见缠绵，革命家看见排满，流言家看见宫闱秘事"（鲁迅语），但以爱情诗或以爱情诗面目出现的诗占据了整部诗集的半壁江山确是不争的事实。从这里望出去，路上、田边、河畔、山麓、天边，甚至在征夫和思妇的目光与思绪里，都长满了郁郁葱葱、一望无际的爱情。它们青翠欲滴，带着迷人的大自然气息，在阳光和微风中摇曳生姿，惹人怜爱，令人欣喜。

这里有爱情从初萌到生长到成熟到老去甚至死亡的样子。当"我"搜寻的目光像蒲公英掠过田野、河流，当"你"像一只五彩斑斓的鸟翩翩飞过头顶后小憩于"我"情意编织的蛛网，在试探与接近、拒绝与逢迎、撩拨与回应、接近与逃避、激情与惶惑、犹豫与徘徊、怅惘与思念中，爱情就潜滋暗长了。

这种初萌的爱情，其实更像河流解冻后的淙淙流水，像枝头刚露出头角的闪烁的嫩叶，这种被唤醒或点亮，被呵护或浇灌的爱情，往往就因为你与众不同的"缟衣綦巾"或"髧彼两髦"，在人群中显得如此靓丽或帅气，往往就因为你"白茅纯束"的殷勤之举或"氓之蚩蚩"的憨朴之意或"搔首踟蹰"的可爱模样。客观上是"云谁之思？西方美人"，即对方长得太靓或太帅；主观上是"窈窕淑女，君子好逑"，即"在人群中多看了你一眼"。爱的念想是"青青子衿，悠悠我心"，在平静的心湖上荡起一簇簇涟漪，是"一日不见，如隔三秋兮"，让心上人茶饭不思、寝食难安、度日如年（《狡童》《月出》）。从这些诗中，我们可以真切地感受到，爱情是有着疼痛感的思念，思念是有着充实感的空虚，空虚是有着怨言的期待，期待是有着哭泣的笑声，笑声是有着痛苦的快乐（《伯兮》《君子于役》《采葛》《子衿》《草虫》）。爱是手指与琴弦因缘际会发出的美妙和声，是"金风玉露一相逢"，两情相悦中幻化出的人间虹霓（《野有蔓草》《野有死麕》）；是人生之途上次第绽放的花朵，是纷至沓来的美妙风景（《静女》《有女同车》）。这里也有爱情的激流在千里奔腾之后的回旋、休憩、安逸、宁静，即情投意合长相厮守之后的温馨静好（《鸡鸣》《女曰鸡鸣》）——这样的爱情即使垂垂老矣，也永远年轻；即使存放千年，也新鲜如昨；即使地老天荒，也历久弥新。

无可回避的是，即使在五彩缤纷的《诗经》爱情里，也有爱情的死亡。你看那恋恋不舍从枝头飘落的枯黄的桑叶，正是爱情濒死前的低语彷徨（《氓》）；你听那呼啸的谷风，正是爱情的亡魂如泣如诉的呼号（《谷风》）——至于一往情深睹物思人的《绿衣》，那其实不是爱情的死亡，而是爱情的永生：那缠绵的回忆与思念、打量与抚摸、悲歌与咏叹，从三千年前的时空一直回响到现在……

《诗经》里写到了各种形式风格的爱情，如火如荼的爱情、如花如诗的爱情、如泣如诉的爱情、如云如烟的爱情。那个大声喊出"髧彼两髦，实维我仪"（"那个头发齐眉的小帅哥，是我心动的好情郎"），大声表达"之死矢靡它"（"至死不变心"），大声控诉"母也天只！不谅人只！"（"我的妈呀，我的天哪，为何对我不体谅！"）的姑娘，内心不是一团火？如果那个不理解女儿的母亲固执己见继续干涉女儿的婚姻和幸福，我担心最后可能是玉石俱焚的悲剧！就是那个反复呼唤着意中人赶紧前来摘"我"这只熟透的梅子的姑娘（"求我庶士，迨其吉兮！""求我庶士，迨其今兮！""求我庶士，迨其谓之！"），让人看到的也是其热辣辣的喷薄而出的情感。更有两情相悦、如胶似漆，爱到不能自持后"天做被来地做床"，直接在天地间完成了并非"父母之命，媒妁之言"的人生大事（《野有蔓草》、《丘中有麻》）：那一刻，五彩祥云为之翩翩起舞，牛羊鹿马为之引颈长鸣，河水溪流为之欢欣歌吟，山岚晓雾为之殷勤做帐……它把一见钟情、两情相悦描写得竟然如此美妙，令人不禁感叹先人的自由、浪漫、多情和才气。

这首诗，让人想起至今在笔者家乡渠县民间留存的一首野性十足的民歌（见孙和平《眺望渠江》）：

> 背时哥儿不是人，
>
> 把我带到刺芭林。
>
> 扯起就是一搅脚，
>
> 不管地上平不平。

其饥渴，其急迫，其热辣，其野性，其欢娱，都有异曲同工之处。而在文辞上，两三千年前的《诗经》明显还雅致内敛一些，后者还要狂放粗野一些。也许是因为《诗经》是经过官方收集编定并经孔夫子再次编辑润色的原因。

那郑重摘下一把白茅包裹好小鹿献给姑娘，摘下一支彤管献给情郎，或者"投之以桃，报之以李""知子之好之，杂佩以报之"的你来我往……则让你看到的是情人间的音声相和、柔情依依、情意绵绵不断如春水。而那对着汉水怅望不已、叹息不已，特别是沿着河流上下求索，几至于徘徊长久、喃喃自语、神思恍惚的青年男子，则让我们看到一个痴情男儿的形象。这个忧郁多情的男儿千百年来就一直在那条河上张望、追寻、游走、徘徊、怀想、自语，而那位美若仙子的伊人则始终像轻柔的烟云，在那条河上时聚时散，忽东忽西，忽隐忽现，永远让他赶不上、靠不近、抓不住、握不了。因为有意中人似乎总在前方袅袅婷婷，所以他会一直走下去；因为一直可望而不可即，所以这种怅望就变得无比悠长……在我眼中，这首《蒹葭》是中国最早的朦胧诗，也是《诗经》中最美的一首诗。

而那些在黑夜里的辗转反侧和沉重叹息或嘤嘤啜泣，以及在风雨里的思念、尖叫、呐喊，你触摸那些早已经变成化石的文字，仍然能感到灼热刺痛，让人心动、心悸、心痛，甚至感怀不已，泪眼婆娑。

《诗经》包含了爱情的各种味道：青涩的、酸苦的、甜蜜的、清香的、麻辣的……真正是五味杂陈。"窈窕淑女，寤寐求之，求之不得，寤寐思服，悠哉悠哉，辗转反侧"，看到这些句子，我们不得不"于我心有戚戚焉！"因为这些君子，竟然与我们这些"小人"一样，在爱情之路上，也有"寤寐思服""悠哉悠哉，辗转反侧"的时候。

你再听《诗经》里这个姑娘红着耳根的请求："舒而脱脱兮，无感我帨兮，无使尨也吠。"你听见她的震颤了吗？你听到她的提醒了吗？你听出她的担忧了吗？你听懂她的鼓励了吗？如果没有，我悄悄地告诉你，她说的是："阿哥呀，轻一点，不要手忙脚乱！

慢一点，不要脱掉我的围裙！小声一点，不要惹狗叫汪汪！"就这一首诗，有多少种爱情的味道！这首诗，让我想起凸凹先生创作的一首源自大巴山的民歌体诗歌《最怕》：

最怕和哥在山上

在山上也无妨

最怕飘来偏东雨

飘来偏东雨也无妨

最怕附近有岩洞

附近有岩洞也无妨

最怕哥拉妹子钻进去

哥拉妹子钻进去也无妨

最怕燃起一堆柴火

燃起一堆柴火也无妨啊

千万千万莫要妹子烤衣裳

"青年男子谁个不善钟情？妙龄女子谁个不善怀春？这是我们人性中的至洁至纯，啊，怎么从此中有惨痛飞迸？"歌德这首《绿蒂与维特》在《诗经》中也能找到或多或少影子。

后来的那些大儒和小儒们哪，你们甚至连真正的青春期还没有来临、性心理还没有成熟就在"父母之命、媒妁之言"下"被结婚"，你们在爱情上几乎是"衣来伸手、饭来张口"，你们没有经历过这个求爱追爱的过程，你们没有经历过这个心动心痛的过程，你们怎么能理解爱之重、爱之切、爱之乐、爱之苦、爱之痛、爱之伤！所以，一听到你们说《关雎》是咏"后妃之德"（《毛诗序》），我们就笑得"花枝乱颤"：呵呵，前辈，这与后妃八竿子打不着，你说个铲铲！而对于诗经中许多男欢女爱包括情人间的打情骂俏，甚至像《溱洧》这类表现青年男女快乐交往、正常交往、有限交往的诗，理学之士、道学之士、卫道之士也忍受不了，斥之为"淫声"，称其通篇为"惑男之语"。他们不仅没有修炼得如其声称的"品节详明德性坚定，事理通达心气和平"，而且已经丧失了对爱的辨别力、欣赏力、接纳力、承受力！如果换成朱熹之徒来编订《诗三百》，估计他们会把眉脸皱得像核桃壳，脑袋会像吃了摇头丸一直摇下去，直到摇不下去。估计他们看到每一首爱情诗都像吃到一只苍蝇，连忙跑到厕所恶心呕吐半天才回过神来，最后翻着白眼说："呜呼！斯女何其淫也！淫诗何其多也！"因此这些仁兄编出的《诗经》估计都是《诗经》尾巴上那些属于周朝主旋律的庙堂之诗——颂诗。这不仅体现了他们作为发明"存天理灭人欲"杀人利器的封建统治者高参的蛮横嘴脸，而且也表明这些冬烘窝儒既不懂青春和情爱，也不懂民族的青春期历史和心理，更不懂人性和文学，同时还是一个个整天正襟危坐、不苟言笑、不解风情、没有趣味的哥们儿。

同时要知道，上巳节是当时人民约定俗成的甚至是受到"法律"保护的情人节和狂欢节，允许两情相悦的恋人们尽情欢会自由结合——《周礼·地官媒氏》即载有："仲春之月，令会男女，于是时也，奔者不禁。若无故而不用令者，罚之。"要知道连人们尊崇的至圣先师孔夫子也是其父叔梁纥与其母颜徵在在这种风俗下的产物呢——司马迁在《史记·孔子世家》中"白纸黑字"交代得很清楚："纥与颜氏女野合而生孔子，祷于尼丘得孔子。"虽然后世对这里的"野合"有解释为其父母为老夫少妻于礼法不合，但像雍也这样的明眼人一看便知，这是"为尊者讳"嘛。这种自由欢会自由结合在当时就是合乎礼法的，是正大光明的，哪需要"讳来讳去"哟！冯友兰在《中国哲学史新编》中说："在原始社会中，婚姻的结合并不靠'父母之命，媒妁之言'。在一些群众集会中男女青年歌唱情歌，以向对方表示'相悦'之意，如果情投意合，便结为夫妇，这是当时的风俗习惯，是当时的'礼'，并不是'非礼'。《诗经》的国风也把这些情歌保存下来，也是作为'礼'保存的，并不是作为'非礼'而保存的。"这是充满历史唯物主义的精当论述。否则，正能量满满的孔夫子编选辑录保存了那么多后人看了辣眼睛的情欲横流之作，怎么还会对《诗经》爱不释手并"一言以蔽之：思无邪"？那老先生岂不成了好淫诲淫之徒？！

与孔子对《诗经》的青眼有加、赞颂有加，及"《诗三百》，一言以蔽之，思无邪"的论断相比，朱熹之徒的眼界、境界、格局、修为和心灵，对社会人生、人性人情的认知省察高下立判，简直有云泥之别！这里还忍不住要说一句：你们提出的"存天理灭人欲""饿死事小失节事大"千百年来毒害了多少健康的心灵，扼杀了多少鲜活的爱情，戕害了多少鲜活的生命，造成了民族多大的伤害啊！顺便再说一句，正道直行的儒学也正是被你们这些人带偏的。正如南怀瑾先生所说——

"孔家店为什么会被人打倒？五四运动当年，人们要打倒它，这是必然的。但为什么道理呢？后来才发现，实在打得很冤枉。因为这个店，本来是孔孟两个老板开的股份有限公司，下面还加上一些伙计曾子、子思、荀子等，老板卖的东西货真价实。可是几千年来，被后人加了水卖，变质了。还有些是后人的解释错了，尤其是宋儒的理学家为然。这一解释错，整个光辉的孔孟思想被蒙上一层非常厚重的阴影，因此后人要推倒孔孟思想。"（南怀瑾《论语别裁》）

　　《诗经》中的爱情诗意义在哪里？在于从内容上为我们保留了那个时代人们婚恋样态，有重要的史料价值；在于开创了赋、比、兴等文学创作手法，虽为各地民歌，但表达细腻精巧，文字生动传神，有很高的文学性，有重要的文学价值；在于大大方方地歌唱爱情，歌唱自由，歌唱人性，成为华夏民族"前无古人，后无来者"的爱情圣典，也是唯一的爱情诗圣典；在于其从艺术上展现了人民蓬勃的生命力和创造力甚至批判力；在于其与其他诗一样，"可以兴、可以观、可以群、可以怨"（孔子语），有巨大的社会价值……相对于后来因"三纲五常"和"存天理灭人欲"而几乎被阉割了"爱情神经"的国人中，几乎没有再出现大批量高质量爱情诗的中国文学，这是多么难能可贵、多么令人欣喜、多么令人庆幸、多么让人珍惜啊！

写于 2020 年 3 月 7 日至 8 日

改于 2020 年 3 月 14 日至 15 日

燕燕于飛 ツバメ

傳燕燕亂也
集傳謂之燕
燕者重言之
也○身輕小
胸紫而多聲
名越燕斑黑
臆白而聲大
名胡燕

《诗经》之舞·华夏之舞

歌咏是情感孕育的蓓蕾，舞蹈是生活绽放的花朵。

小时候在一个城里亲戚的黑白电视里看到一群匈牙利农民在劳作之余翩翩起舞，快乐得像一只只鸟儿，心里羡慕不已：我身边的父老乡亲怎么不会跳舞呢？然而历史上也是如此吗？回答是否，因为《诗经》几乎所有的诗都是歌谣，且多处描写了舞蹈在社会政治生活中的情况。

《诗经》中的舞蹈主要有两种：一种是来自于民间的舞蹈，通常为欢会之舞或巫祀之舞；一种是来自于宫廷的舞蹈，通常为祭祀类、庆典性舞蹈。前者的代表是《宛丘》《东门之枌》《简兮》以及《君子阳阳》；后者的代表是《有駜》。

从《诗经》透露的信息看，陈国是一个"舞风盛行"的国度，对此朱熹有一个判断：认为陈国是一个巫风盛行的国度，巫与舞也是密不可分的。在这一点上，朱氏倒是言之成理的。

整个《诗经》里，真正能够明显看出是民间舞蹈的恰恰就是陈国为我们留下的这两首民歌，而且，两首皆为不俗之作：

子之汤兮，宛丘之上兮。洵有情兮，而无望兮。坎其击鼓，宛丘之下。无冬无夏，值其鹭羽。坎其击缶，宛丘之道。无冬无夏，值其鹭翿。

——《宛丘》

东门之枌，宛丘之栩。子仲之子，婆娑其下。榖旦于差，南方之原。不绩其麻，市也婆娑。榖旦于逝，越以鬷迈。视尔如荍，贻我握椒。

——《东门之枌》

《宛丘》从某种角度上看，类似于《蒹葭》和《汉广》，都体现了对意中人的单相思。所不同的是，这个暗恋的对象有特殊性：她是一位不可亲近的女巫，她是一位不可遏止的"舞神"。这个男子眼中的女神"舞"成了一道道美丽的风景：在震耳欲聋的鼓声和清脆的缶声中，手持一束白鹭羽毛的她，在宛丘之上迎风而舞，在宛丘之下自在而舞，在宛丘之道翩翩而舞；她在春天面对百花而舞，在夏天顶着骄阳而舞，在秋天随着落叶而舞，在冬天迎着飞雪而舞；她像一团永不熄灭的火焰，燃烧着、闪耀着、跳跃着、呼啸着；她把自己舞成一朵朵彩云、一弯弯虹霓、一只只自由飞翔的凤凰、一道道动人心魄的闪电。千年之后，她也把自己舞成了我们心中一尊衣袂飘飘冉冉飞升的女神。

她心无旁骛、勾魂摄魄的舞，舞出了"我"心中的一道道波澜、一声声浩叹、一缕缕相思、一处处伤痛：我对你的爱恋已不能自拔啊，这种相思却永远不会有结果！

这当然不会有结果，巫是人神之间的桥梁，也就是半人半神，为万众敬仰之人，地位远高于凡夫俗子，人巫岂能相恋？留给这个男子的自然只能是无尽的思念和遗恨。而后一首民歌的歌者则幸运得多，也能体现民间的歌舞欢笑：在白榆树、柞树枝叶青青的时节，乘着这个良辰美景，人们特别是少男少女们放下手中的活计，三三两两来到城边，来到旷野，来到市集，尽情唱歌跳舞。在那成百上千的人群中，"我"一眼望见"你"像锦葵开放，"我"分开如潮的人群，径直来到"你"面前，"你"对"我"莞尔一笑，赠给"我"一束芳香扑鼻的花椒（呵呵，竟然把花椒作为定情信物！但在那个原始、淳朴、自然的社会，送花椒与赠白茅草、送木桃等一样，"礼轻人意重"）。那一刻"我"真正的春天扑面而来，心为之融化，大地为之沉醉。

《诗经》中还有一首描写古代群体舞蹈中著名的"万舞"的诗《简兮》，写得极有情致、极有张力：

简兮简兮，方将万舞。日之方中，在前上处。硕人俣俣，公庭万舞。有力如虎，执辔如组。

左手执龠，右手秉翟。赫如渥赭，公言锡爵。山有榛，隰有苓。云谁之思？西方美人。彼美人兮，西方之人兮。

——《简兮》

虽然是群体舞蹈，但它是以一个女性的视角，聚焦的是众多舞者中的白马王子——来自西方的超级帅哥（"西方美人"），因而"写"得特别细致传神：他在场上那么容光焕发，那么神采飞扬，那么强壮有力，那么自由潇洒，是整个舞场中光芒四射的明星，人们全都为他着迷，为他喝彩，为他疯狂，他也让姑娘的心一想起来就如小鹿乱撞，久久不能平静，久久不能忘怀。

来自宫廷的舞蹈大多"有来雍雍，至止肃肃"，以庄重肃穆、盛大严整为特色，其艺术性、感染力也有所削弱，如《有駜》：

> 有駜有駜，駜彼乘黄。
> 夙夜在公，在公明明。
> 振振鹭，鹭于下。
> 鼓咽咽，醉言舞。
> 于胥乐兮！
>
> 有駜有駜，駜彼乘牡。
> 夙夜在公，在公饮酒。
> 振振鹭，鹭于飞。
> 鼓咽咽，醉言归。
> 于胥乐兮！
>
> 有駜有駜，駜彼乘骃。
> 夙夜在公，在公载燕。
> 自今以始，岁其有。
> 君子有穀，诒孙子。
> 于胥乐兮！

——《有駜》

其实，作为民歌和山歌，哪一首诗歌不是一个歌者的踏歌而舞？又有哪一首诗歌不是大地一片叶子的随风而舞？

日本学者、著名汉学家白川静通过研究《万叶集》，反证《诗经》中存在着与日本一样的"歌垣现象"。所谓歌垣，即是在某个特殊日子里群体欢会、对歌、跳舞、祭祀的地方。他指出，《诗经》中的《溱洧》《野有蔓草》《出其东门》《有女同车》《东门之池》《东门之杨》《宛丘》《东门之枌》甚至《月出》都是歌垣之歌。并指出，宛丘和东门举行的歌垣是为了事神，是用来取悦神祇的歌舞。这个论断是非常有道理的，是非常符合生活逻辑的。我们甚至能从《蓁兮》《桑中》等诗中感受到男女对唱、领唱与合唱等集体对歌甚至舞蹈氛围。这种集体对歌之俗在今天的壮族、侗族、苗族等少数民族依然存在。

而这一点，法国汉学家葛兰言研究得更早更深入。他通过研究中国典籍，提出了许多开创性见解，成为法国汉学大家。在成书于 1919 年的法文著作《中国古代的祭礼与歌谣》中他明确指出中国古代四个实施祭礼的地方，在我看来其实就是歌垣：

——郑国的春季祭礼。时间是初春，地点在溱水洧水，参与者为青年男女，方式为"种种祓除、采花、渡河、赛歌、性的礼仪和约婚，这些活动在郑国都与春天的山川祭礼结合在一起"。

——鲁国的春季祭礼。即《论语》中"暮春者，春服既成，冠者五六人，童子六七人，浴乎沂，风乎舞雩，咏而归"。这是一种祈雨仪式，有歌唱和模仿龙的舞蹈。只由男子参加。

——陈国的祭礼。时间是在纺织工作结束以后，地点在宛丘，内容包括"唱歌与舞蹈的竞争，伴有采花和性的礼仪的祈雨，求子，约婚"。

此外，还有春天在周之首都以向高禖祈子的王祭。

不得不说，这个法国佬研究得还挺深入挺细致的。其实上述四种祭礼的前面三种我们完全可视为歌垣之风。顺便说一句：一个外国人，持着毫不利己的动机，把中国的文化当作他母国的文化一般倾注心血研究，这是什么精神？这是潜心做学问的精神，这是真正的学者精神，每一个当代学者都要向他学习（对比一下当今一些专家学者的学术道德、人品与作为，高下立判，令人唏嘘不已）。

对日本《万叶集》颇有研究的中国学者徐送迎对中国历史上的歌垣做了更深入的研究。她在《〈诗经〉情诗的反思》一文中指出，中国史料中，虽无"歌垣"一词，但有"巂歌"一语，如《韩诗故》有"巂歌，巴人歌也"，左思《魏都赋》"或明发而巂歌，或浮泳而卒岁"，张载注为："巂歌，巴土人歌也。"这是一种怎样的民俗呢？李善注《文选》又引用了何晏的具体说明："巴子讴歌相引牵，连手而跳歌也"。我的这些"下里巴人"老乡与如今藏族同胞手拉手跳锅庄何其相似乃尔！徐在文中通过多种史料得出结论："诗经时代的上巳与日本的歌垣在原本为宗教祭祀活动、情歌对唱、跳舞，以及性解放这几点上都是相同的"，并指出诗经中的桑间濮上、东门、宛丘等均为歌垣之地。她研究比对多种史料后指出古代上巳节的具体内容有三个：一、"招魂续魂""祓除不祥"。二、"男女聚会，讴歌相感"。三、"相与戏谑，行夫妇之事"。

对徐女士的论证及观点，我认为是符合史实、言之成理的。以歌垣之歌解释《诗经》中许多作品，其思想内容、情感情绪、格调氛围始通，与史实风俗始合，与民歌之起源流变发展始谐。比如《衡门》：

衡门之下，可以栖迟。

泌之洋洋，可以乐饥。

岂其食鱼，必河之鲂？

岂其取妻，必齐之姜？

岂其食鱼，必河之鲤？

岂其取妻，必宋之子？

——《衡门》

对这首诗，汉儒一如既往地上纲上线，用尽吃奶的劲往政治上靠，解为"诱掖其君"（《诗序》），"以喻人君不可以国小则不兴治致政化"（《毛诗传笺》）。一向对情呀爱呀十分过敏的朱熹这次可能是患了感冒嗅觉失灵，竟然将这首诗解为隐士之作："此隐居自乐而无求者之词，言衡门虽浅陋，然亦可以游息。泌水虽不可饱，然亦可以玩乐而忘饥也。"从字面上看，确有不注重物质不注重外表，安贫乐道之意。我认为，这首诗情绪明快热烈，其意豁达开朗，向人笑谈倾吐意味甚强，民间歌谣风味十足，并无隐士高人恬淡之气及无欲无求之风。联系闻一多对"饥""鱼"等词的解释，再结合白川静先生对《诗经》歌垣等的认定，以及《诗经》中如《溱洧》等诗中本身就存在的调笑戏谑之语，则可判《衡门》为歌垣之情歌对唱。那意思其实就是小伙子在以歌撩妹：

城门之下，

是游玩的好地方。

泌水汤汤，

正好可以饱肚肠。

吃鱼难道非得吃鲤鲂？

在我眼中，

你就像齐国宋国美女

一样漂亮！

我俩郎才女貌，

正好配对成双！

这才是有盐有味的民歌之"风"嘛！

民间的群体舞蹈自古有之，而且很兴盛，其中最令人惊讶的恐怕是与笔者家乡渠县有关的巴渝舞了。渠县为古賨国国都所在地，其先民賨人被称为板楯蛮，这里和广大的巴地即现在的川东一带还产生过影响深远的歌谣——《下里巴人》和《竹枝词》。

在华夏舞蹈方面，我的大学班主任，四川文理学院陈正平先生曾从民俗学角度有过专门研究。他在其专著《中华民俗文化论稿》卷三《巴渝古代民歌》中指出：

《华阳国志·巴志》载：巴人劲勇，俗喜歌舞。巴人很早就创作出了举世闻名的通俗民歌《下里巴人》和《竹枝词》，起源于农事活动的民歌演唱"薅草锣鼓"也在汉代就已定型。

巴人歌舞中的"跳歌"又称"踏歌"，巴人信巫重鬼，好祭祀，念诵祭词、祭歌时，必伴以舞。宋人《溪蛮丛笑》载：巴人死亡群聚歌舞，舞则联手踏地为节，名曰踏歌。《夔府图经》载："父母初丧，鼙鼓以道哀，其歌必狂，其众必跳。"

宋代地理学家乐史在他的《太平寰宇记》卷一三七中，也记下了巴渠民间演唱竹枝词的情况："其民俗聚防则击鼓、踏木牙、唱竹枝歌为乐……"。《竹枝》集辞、声、乐、舞于一体，"歌者扬袂睢舞，舞者执竹枝，击节踏歌，铿锵作响，伴奏者或击小鼓吹短笛，和而乐之。"

从陈先生的引证中可以看出：巴人独具风味的歌舞作为"民族民间歌舞"在中国历史上有其不容忽视的一席之地，其产生正如王国维先生的判断："歌舞之兴，其始于古之巫乎"（《宋元戏曲考》）；其表现是歌舞一体，且多以群体性方式呈现；其影响广泛深远，从地域上流传至楚地等，成为影响广泛的流行音乐；从艺术上衍变为后来广为人知的文学上著名的《竹枝词》。

巴渝舞为天性刚健勇武的賨人之舞，成百上千甚至成千上万的賨人身穿战甲，手持兵器盾牌，搏杀跳跃，歌唱呐喊，其势天崩地裂、排山倒海，令人心惊胆战！司马相如《上林赋》描绘为："千人唱，万人和，山陵为之震动，川谷为之荡波。"史载"武王伐纣，前歌后舞""巴师勇锐，歌舞以凌殷人"，即描述了当时的賨人作战方式，他们用这种惊天动地的歌舞方式成功地震慑了对手，让殷商的军队未战先败溃不成军；再后来，賨人又作为特种作战部队成功地助刘邦平定三秦，这种威猛的舞蹈还被刘邦引作宫廷舞蹈。

顺便说一句，刘邦不仅喜欢巴渝舞，他自己也可能就是一个"舞林高手"（我怀疑是不是军队文工团对该领导专门培训过）。据司马迁《史记·高祖本纪》记载，这位老兄当了皇帝后衣锦还乡，召集原来生产队的父老乡亲吃坝坝宴，在宴会上，不仅有他亲自安排当地政府组织的一百二十人的少儿合唱团唱歌助兴，而且喝高了之后，他还越俎代庖，亲自上场演奏歌曲（"酒酣，高祖击筑"），亲自现场创作诗歌《大风歌》（"大风起兮云飞扬，威加海内兮归故乡，安得猛士兮守四方"），亲自跳舞（"高祖乃起舞"），"亲自"流下了激动的泪水（"慷慨伤怀，泣数行下"）。这位青年时期参加"革命"，出走半生，归来已是老年的刘老三，此刻面对父老乡亲，自然感慨万千，性情展露无遗，也让人不得不感叹：领导就是有才！领导的水平就是高！领导的胸怀就是宽！领导的情意就是深！领导对我们革命根据地人民就是好！

从历史上看巴渝地区是有歌舞传统的。但舞蹈逐渐远去，而山歌民歌则或多或少留存。我家乡渠县就有花园歌，即嫁女前夜乡邻亲友聚在一起唱歌表达惜别、祝福，或以女儿口吻表达感恩之意，其情调多忧伤。小时候，把我当个宝随时揣在身上的婆婆就一句一句教过我许多花园歌。至今记得一首《新打的剪子新开的窖》：

> 新打的剪子新开的窖，
>
> 新种的谷子新栽的苗。
>
> 从今一别爹娘后，
>
> 就像浮萍水上漂。

这些花园歌既让我体会到浓浓的亲情，也让小小的我感到了人生中的无奈和忧伤。她告诉我1949年前大家薅秧锄草时还要唱薅秧歌，大家边劳动边唱歌边开玩笑，是很有趣的。我在大巴山原万源市罗文镇花楼中学读初中时一次到同学家做客，我和同学高永刚、李树忠路经中岭山时，一群在田中插秧的青年妇女就突然像山中一群画眉鸟兴奋地鸣叫起来，她们一起丢下手中的活，朝着正在赶路的我们大声唱起来，大意为：

> 田里秧苗青又青，
>
> 对面来了个小年轻。
>
> 眉眼长得乖又俊哟，
>
> 惹得那妹妹动了心。

唱完后放肆地哈哈大笑，把我们三个情窦初开的小伙子羞得面红耳赤，落荒而逃。

　　宫廷之舞由于帝王及其皇亲国戚精神文明建设的需要一直"长演不衰"、长盛不衰，像赵飞燕、杨玉环等都是当时国宝级的舞蹈家。其实那个长得肥头大耳、大腹便便，像功夫熊猫一样往下看不到自己脚趾的安禄山也是一个舞蹈家，他跳的民族舞蹈胡旋舞也是盖了帽的。安禄山出身粟特族，是个"胡人"。据《旧唐书·安禄山传》记载，他"腹垂过膝，重三百三十斤……至玄宗前作胡旋舞，疾如风焉"。这厮"人面猪相，心头嘹亮"，表面憨头憨脑，实则精明狡猾，对领导及第一夫人态度又好，嘴巴又甜，还会"闹笑话"——如闹着拜小自己一大把年龄的杨玉环为干妈，并让杨为自己"洗三"，是唐玄宗、杨玉环眼中的活宝和开心果。想象一下：当这个大腹便便的巨无霸像一个华丽的陀螺一样转起来，像呼呼生风的飞碟飞过来，那将是宫廷文艺晚会上的一道靓丽风景甚至是一阵飓风，一定会使杨贵妃惊喜到偎在李隆基怀里花枝乱颤、惊叫连连。估计安禄山跳得太拉风，据说杨玉环也闹着要学，经李隆基批准，安禄山还手把手地教过杨玉环跳胡旋舞呢。这简直是一头大象与小白兔的翩翩起舞。当然谁也不会想到这个死胖子是一颗引爆摧毁大唐盛世的定时炸弹。

　　后来，华夏民族特别是后来汉民族的民间舞蹈日渐式微，除达官贵人们宴饮时有姬妾歌女表演性质的舞蹈之外（如唐代深受追捧粉丝无数的公孙大娘的剑舞），人民群众自发式、参与式、互动式的舞蹈在史籍中越来越少。笔者见少识寡，仅看到两个诗人会跳舞（实际情况当然不会如此可怜）：其一是豪放潇洒的李白在《月下独酌》里的不打自招："我歌月徘徊，我舞影零乱"；其二是陆放翁在《看梅绝句》里的狂放之语——这可能是老陆一辈子九千多首诗中最年老轻狂、为老不尊的一首诗了：

> 老子舞时不须拍，
>
> 梅花乱插乌巾香。
>
> 樽前作剧莫相笑，
>
> 我死诸君思此狂。

我们完全没有想到，老陆还有这样狂放不羁可爱可亲的一面。他是这样说的：

老子跳起舞来不依节拍，把几朵梅花胡乱地插在头巾上（像个老妖怪）；我喝高了之后疯疯癫癫的表演，你们不要笑话我哟！等到我死翘翘之后，你们一想到这场景，就会想老子想得发狂！

我估计这是老陆和一群狐朋狗友人均喝了一斤二锅头之后写的，所以现在闻起这首诗都是满满的酒气。

1949 年后才真正翻身当主人，一辈子热爱新中国、崇敬毛主席的婆婆告诉我说，他们年轻的时候在生产队时还跳过"忠字舞"：手拿红宝书，唱着《大海航行靠舵手》，大手大脚地在田边地角跳起舞，向伟大领袖毛主席表达敬意。

汉民族民间舞蹈尤其是与生产生活共融共生的舞蹈（当代以锻炼身体为主的广场舞除外）为什么会逐渐式微？这不仅令人深深遗憾，也实在是值得研究探讨的问题：想不通啊，想不通！

抠了半天脑壳终于想到几条理由，现就教于大方之家：

一、儒家文化特别是理学的影响。它们讲究"温柔敦厚"、中正内敛、中庸平和，与张扬个性、释放天性的舞蹈天生不合拍。

二、科举制度的影响。隋唐实行科举取士特别是宋朝"万般皆下品，唯有读书高"之后，社会上年轻人普遍都去追求"高考"

去了，因而连古代士人要专修的"五育并举"即"六艺"（礼、乐、射、御、书、数）也少有人提起更不用说传习了：毕竟"高考"是指挥棒，"高考"不考，师生就不愿意学了，即整天只读"子曰诗云"。

三、天性受到抑制的后遗症。不得不说儒家后来的三纲五常、三从四德、"女子无才便是德"特别是理学家后来的那套"存天理灭人欲"对人性有极大的抑制，让人都变得稳重起来，老成起来，内敛起来，甚至麻木起来。须知，"舞是生命情调最直接、最实质、最强烈、最尖锐、最单纯而又最充足的表现"（闻一多《说舞》），闻一多先生对舞的产生、功用、特点做了一语中的的表述，让人不得不佩服。

四、幸福指数不高的表现。唱歌跳舞是幸福、自由、快乐的事，是情动于中而形于外的事，必须建立在有幸福感上。正如《毛诗序》说，"诗者，志之所之也，在心为志，发言为诗，情动于中而形于言，言之不足，故嗟叹之，嗟叹之不足，故咏歌之，咏歌之不足，不知手之舞之足之蹈之也。"将古代诗、歌、舞的亲缘关系做了清晰的阐述，亦方家之言也。

写于 2020 年 4 月 4 日至 5 日

改于 2020 年 4 月 11 日至 12 日

定于 2020 年 11 月 28 日至 29 日

毛詩品物圖攷卷三

木部

桃之夭夭 モ、

傳桃有華
之盛者集
傳華紅實二
可食ヲ

浪華岡元鳳纂輯

女性的黄金时代

　　《诗经》中的女性形象非常丰富美丽。这些多姿多彩的女性像春天原野上粲然绽放的花朵，摇曳生姿，令人顾盼流连；像夜空熠熠闪光的星星，眉眼含情，令人神往着迷；像悠游于天地的清风白云，自由自在，令人心生艳羡；像出没于山川大地的精灵仙子，倩兮盼兮，令人心旌摇动。

　　据笔者研究，从类型上看，诗经中女性形象至少有十大类：贤淑端庄型、温柔敦厚型、勤俭持家型、谨小慎微型、活泼可爱型、大胆泼辣型、深情缱绻型、敢作敢为型、刚强自立型、自尊自爱型。而诗经中的男性形象并不丰富，基本上可分为两大类：一是"直男"型，即一往情深型；二是渣男型，即薄情寡义型。

　　所有诗歌中最令人印象深刻的是大胆泼辣型、敢作敢为型、坦白率真型、深情幽怨型。其中最后一种在《诗经》中非常醒目，因其如泣如诉的歌咏直击人心，虽婉转低沉却楚楚动人，虽语多悲戚，却别有风韵，如《氓》《伯兮》《子衿》等。从人文形象的独特性、与后世相比较差异性上，则前三种更加引人注目。

　　大胆泼辣型者，如《褰裳》《溱洧》等。

　　敢作敢为型者，如《大车》《柏舟》等。

　　坦白率真型者，如《摽有梅》《草虫》等。

　　《褰裳》中那位姑娘明确地告诉男朋友，想念她就撩起裤脚过河来相会；直白地告诉对方，追求她的优秀小伙子有的是（意即"好就好，不好就拉倒"）；半是亲密半是笑闹半是戏谑半是嘲讽地称呼对方为"狂童"（狂妄小子）。歌谣虽短，却意味深长。这里有对情人的责备、劝诫、提醒、警告，也有后来封建社会中中国女人难得的自信自立、自主自由，特别热辣爽快，颇有现代女强人、女汉子的风采。《溱洧》中的女子也是"主动作为"，邀请意中人一起踏青游玩，真是青春四溢、热情似火，幸福得像花儿一样。而《柏舟》中的女子则坚定地宣告"非他不嫁、誓死不二"，大声地控诉老妈老天不懂女儿心。《大车》中的女孩子更是主动"号召"男朋友与她一起私奔，并指天发誓：活着不能同住一屋，死了也要同埋一坑。《摽有梅》中的女子热切地期待、呼唤、鼓励意中人快来摘她这只已经熟透的梅子。其坦白直率让人吃惊。《草虫》里那个未见到意中人就心神不宁、见到了才气定神闲的姑娘，也是如此。

　　后世诗文中有此精神或影子的屈指可数，仅有汉乐府歌辞中的《上邪》和唐代敦煌曲子词中的《菩萨蛮》等少数几首可与之媲美：

　　上邪！我欲与君相知，长命无绝衰。山无陵，江水为竭，冬雷震震，夏雨雪，天地合，乃敢与君绝！

　　　　　　　　　　　　　　　　　　　—— 《上邪》

　　枕前发尽千般愿，要休且待青山烂。水面上秤锤浮，直待黄河彻底枯。

　　白日参辰现，北斗回南面。休即未能休，且待三更见日头。

　　　　　　　　　　　　　　　　　　——《菩萨蛮》

　　多么深情！多么热辣！多么忠贞！多么坚定！多么决绝！

　　《诗经》中的女性总体上呈现出一种天然之美、健康之美、自由之美、纯粹之美。她们没有被封建文化毒害而精神发育不良，没有被封建礼教刀砍斧斫而心灵残缺不全，没有被封建绳索捆绑而自在生长。甚至在整个社会的女性审美观上，都是以高大、健硕为美（如《诗经》中多处直接以"硕人"称呼美女，以"硕大"形容美女）。在婚恋上，她们能"爱我所爱无怨无悔"，甚至能大胆抗争，自由度远大于后来的封建社会（私奔特别是野合现象就是明证）。因此，我们在《诗经》能感受到，这是真正的女性的恋歌、爱情的恋歌、自由的恋歌、幸福的恋歌（当然也有哀婉的悲歌）。

　　《诗经》生动有力地塑造了中华民族青春时期的女性群像。她们自然淳朴，像清风流水一样无拘无束；她们生态环保，像未受任何污染的绝域风物；她们青春洋溢，像春天的草木一样生机勃勃；她们自信开朗，像阳光鲜花一样光彩照人。幸亏有了这些文字，我们才得以窥见，在没有被"三纲五常""存天理，灭人欲""饿死事小，失节事大"等精神枷锁五花大绑捆起来之前，我们早期的华夏女儿还有那么顾盼生辉、风情万种、让人魂牵梦萦的美！

　　《诗经》真实地反映了女性在西周到春秋时期的社会地位，即在封建社会尚未到来、封建礼教尚未产生、封建枷锁尚未形成以前，男女相对平等，女性相对自由自主、自立自强的面貌。这在女性长期受压迫歧视，性情得不到张扬，心灵得不到舒展，生活得不到自由，幸福得不到保障的女性发展史上，是一种凤毛麟角般的存在。

回顾女性发展史可知，汉代的"三纲五常"是封建社会给女性布下的天罗地网，"三从四德"是对女性的画地为牢，其后宋代的"存天理，灭人欲""饿死是小，失节事大"是对女性的精神钳制，而明代出现的"女子无才便是德"是砍掉女子的手臂，再后来，明清之际，道学兴起，更是出现"以礼杀人"。可以说，自汉代以降，女性从总体上就处于受压迫奴役和歧视的水深火热之中（唐代除外），五四运动以后特别是中华人民共和国成立以后才得以扭转改观，让人唏嘘不已。

对《诗经》中的这些女性，后世的儒家学者尤其是宋明理学家特别是道学先生多不感冒、多不待见，认为其不贤淑端庄，不守妇道，甚至妖冶淫荡。他们对此或睁着眼睛说瞎话，说这些诗是讽喻诗，表面谈情，实际上是讽喻时政。如他们认为当时统治者收集辑录这些歌谣是"先王以是经夫妇，成孝敬，厚人伦，美教化，移风俗"（《毛诗序》）就是说编了一本政治教科书。如开卷之作《关雎》，明明是君子思念追求窈窕淑女，他们却硬生生解释成咏"后妃之德"——咏个毛线喔！再如《卷耳》一诗，明明诗歌吟咏的是对远行在外的恋人思念成疾（"嗟我怀人""维以不永怀""维以不永伤"），毛苌、郑玄等汉儒却认为是后妃以臣下勤劳，朝夕思念而作，简直是睁起眼睛说瞎话。钱锺书先生对此嗤之以鼻："其说迂阔可哂，'求贤'而几于不避嫌！"（钱锺书

《管锥编·毛诗正义·卷耳》）《诗经》中大量的爱情诗，这些可爱的儒学家们都"作古正经"，生拉硬扯地把他们解释成政治诗，仿佛认为这些为情所困的青年男女都是北京的出租车司机，都是优秀的政治评论员——有谁谈起政治会如此深情款款、缠绵悱恻啊?! 这样曲解还算好的。还有一种表现就是恶狠狠地直斥其非，直斥其淫。你看看朱熹老先生对其中一些爱情诗或主人公的评论，简直令人瞠目结舌：一群女孩子聚在一起（《出其东门》），他认为这些姑娘是"淫奔之女"；描写男女相约集会踏青的《溱洧》他说是"淫奔者自叙之辞"；描写初恋情人约会的《静女》，他认为是"淫奔期会之诗"；描写男女幽会的《桑中》，他解读为"淫者自状其丑"；描写失恋女子做最后努力挽救爱情的《遵大路》，则曰"淫妇为人所弃"，对另一首弃妇诗《氓》，历来经学家也多认为女主人公是"品格贞一"者，其主人公勤劳俭朴、情爱忠贞，这位仁兄却不问是非说："此淫妇为人所弃，而自叙其事以道其悔恨也。"这简直是在这个失恋的伤心欲绝的女人伤口上撒盐。这种不问青红皂白，恶毒地乱扣帽子，真让人愤怒！从这些点评中，你可以看到这个老同志在翻读这些诗时面部肌肉有多扭曲，脸色有多阴沉，心情有多不爽，血压上升有多高。如果他后来有高血压，我认为一定是看《诗经》的后遗症。这也可以看出他是个不折不扣的冷血动物，无情、无趣、无雅，尤其是个没有口德的刻薄之人：其人太阴、其情太冷、其语太损、其思太邪，比起他"恭宽信敏惠""温柔敦厚"的祖师爷孔夫子差远啦。这种认知，我认为系朱熹等同志不解史情、不解实情、不解风情所致。也可反证，其时女性地位的不妙。

　　《诗经》中的女性若与后世文学中的女性比较，因其见情见义见性灵、见人见事见思想，则较之唐诗中的女性更为鲜活灵动，较之宋词中的女性更为光亮丰满。虽为短篇微制，其女性形象的丰富性与丰满性恐怕只有后来的元曲、明清小说堪比。作为女性的颂歌，可能只有《镜花缘》《红楼梦》能与之一起论斤两。

　　总而言之，《诗经》塑造了一大批个性鲜明、独具风采的女性形象，丰富了中国文学殿堂中的女性形象，具有崇高的艺术地位、永恒的艺术魅力和不朽的艺术价值。以历史之眼观之，它诞生的时代也是人类社会中除母系氏族社会和当代之外，女性的一个当之无愧的黄金时代。

写于 2020 年 5 月 2 日至 3 日

改于 2020 年 5 月 9 日至 10 日

顏如舜華 ムクゲ

傳舜木槿也集傳樹如李其花朝生暮落
○塊雅槿一名舜蓋瞬之義取諸此花史
等書舜爲槿中一種非古義也

山有扶蘇

傳扶蘇扶胥小木也○孔疏釋木無
文傳言扶胥小木者毛當有以知之
未詳

爱情的源头

　　爱情是人生绽放的花朵，是生命激荡的浪花，而情欲是爱情的根茎，是爱情的源头。如果擦掉蒙在《诗经》上厚厚的灰尘，特别是后世儒家之徒、理学道学之士为之施加的一层层涂脂抹粉的颜料，会发现《国风》之诗绝大部分是呼朋引伴念兹在兹的爱情诗，这些爱情诗又是情欲奔流、爱之火山喷涌的记录。

　　朱熹这位老先生虽然可能有点古板，有点一本正经，但客观地说，他的文学鉴赏力是相当高的，对《诗经》的文学评点有许多是可圈可点的。特别是他的嗅觉很灵敏，把这些诗放在鼻前轻轻一嗅便嗅出了千余年前已经有些风化干枯了的风诗中若有若无、时隐时现的荷尔蒙味道。因而，他对许多诗中的主人公直接下了书面鉴定：淫女，淫妇。虽然下手狠了点，出发点在于维护封建礼教，但对将这些诗歌的本质认定为求爱求偶之民间歌谣，却比有汉以来的儒者生拉硬扯将其解读为讽喻这个王那个侯，这个失政那个失德的政治教科书好多了：毕竟，那些来自山原河湖，来自乡野民间，来自耕夫农妇，来自"饥者歌其食，劳者歌其事"

的有血有肉有痛感快感的歌唱与那些像宠物一样养在朝堂内的王公贵族风马牛不相及嘛！"汉之《诗经》一门学问，就是说诳技巧的比赛……《毛诗》集说诳之大成而独存至今。"（《闻一多诗经讲义·引言》）因此朱熹比汉儒诚实多了，敏锐多了，进步多了，也可爱多了，从文学鉴赏角度也高明多了。而且将《诗经》从统治《诗经》研究近千年的汉儒的政治解读中跳出来，从人情人性角度解读，拨开了《诗经》研究的重重迷雾，可以说贡献卓越，在《诗经》研究中具有划时代的革命性的里程碑的意义，在此不得不予以特别表扬。

从情爱角度讲，我认为，《诗经》中的《野有蔓草》是最美妙的，《草虫》是最直接的，《丘中有麻》是最辣眼的。

野有蔓草，零露溥兮。

有美一人，清扬婉兮。

邂逅相遇，适我愿兮。

野有蔓草，零露瀼瀼。

有美一人，婉如清扬。

邂逅相遇，与子偕臧。

——《野有蔓草》

《野有蔓草》的文字极短，诗意极美。叙写的是一对在野外邂逅的青年男女两情相悦、自由结合的故事。在男子的描述中，女子"清扬婉兮""适我愿兮"，最后两情相悦而与之"偕臧"。这个美丽多情而美妙多趣的女子一定是那个薄雾缥缈的清晨里一个飘逸闪耀的精灵，而这个帅气而多情的男子一定是这个女子梦中与之一起在山川大地之上自由飞翔的神鸟。他们的相互看见是两颗星像耀斑一样相互凝视，他们的靠近是两颗颤抖的心像两条淙淙的泉流一样相聚相依。其实，他们的相遇、相识、相知、相爱就是那一天蓬勃生长的草木上两滴最大最晶莹的露珠的相拥相融，也是天地间一场美丽如虹的云雾的因缘际会。毫无疑问，这是《诗经》也是中国文学史上最璀璨的露珠。

喓喓草虫，趯趯阜螽。未见君子，忧心忡忡。亦既见止，亦既觏止，我心则降。

陟彼南山，言采其蕨。未见君子，忧心惙惙。亦既见止，亦既觏止，我心则说。

陟彼南山，言采其薇。未见君子，我心伤悲。亦既见止，亦既觏止，我心则夷。

——《草虫》

《草虫》当代许多版本都将其解读为女子思念丈夫。我一看就想笑。其实，只要搞清了"觏"字，一切就豁然开朗了。这个"觏"字，他们把它解释为"遇见"。丈夫需要遇见吗？而且解释为遇见，那"亦既觏止"，与它的前一句"亦既见止"不是一个意思吗？这不费话嘛！（诗经中的重章叠句是在不同章中出现的。）其实《易》中有一句话与此应是一个意思："男女觏精，万物化生"，即"觏"通"媾"。其意为：与他见上了面，与他行了鱼水之欢，我躁动的内心才渐渐平缓。这样解释整个意思才会通。实际上，这就是一个女子的思春之作，这才符合民歌直抒胸臆的表达方式。这里你看得出的是先民在性爱表达方面的坦白率真、直白直接。

丘中有麻，彼留子嗟。彼留子嗟，将其来施施。

丘中有麦，彼留子国。彼留子国，将其来食。

丘中有李，彼留之子。彼留之子，贻我佩玖。

——《丘中有麻》

汉代以来许多儒者论者都认为《丘中有麻》"绿色无公害"老少皆宜，其实不然。这里的关键是原诗内容似乎有点不堪，主动邀请男友到麻地麦田干羞羞之事，乐此不疲，而且男朋友还不停换人，做这种见不得人丢人现眼的事还要广而告之，这还得了?! 这还是孔夫子说的"诗无邪"?! 汉儒在看完全诗之后陷入了深深的苦恼，无法容忍又无法遮掩，无法东拉西扯也无法自圆其说，于是替古人遮羞也替至圣先师打圆场，经过反复思考，最后学雷锋做好事悄悄主动加班加点做了个焊接：在"将其来施"的后面再加一个"施"变成"将其来施施"。这一字之增画风大变，由原诗的"请男朋友来野战"意转化成了"请男朋友来野外潇洒走一回"（施施：不慌不忙的样子）。真是难为人家一片苦心。但明眼人一看就会觉得这个尾巴长得太奇怪了，与全诗的规制、格式、气韵不协调，明显是有人动了手脚嘛。

遵彼汝坟，伐其条枚。

未见君子，惄如调饥。

遵彼汝坟，伐其条肄。

既见君子，不我遐弃。

鲂鱼赪尾，王室如毁。

虽则如毁，父母孔迩。

——《汝坟》

而《汝坟》中还有类似令人瞠目的表达：惄如朝饥。闻一多先生认为这是一个不雅的表达，流沙河先生考证"朝"通"屌"，"朝饥"即为"性饥渴"。而且还推断揭示出一个惊人的结论：那时存在着原始的性狂欢。他认为整首诗都是表达一个成熟的女子对性的渴求（见流沙河《诗经点醒》）。

闻一多先生经过广泛深入研究论证，认为《诗经》中几乎凡是说鱼、说饥、说食、说云、说雨都表达性意象，有强烈的性意涵或性指向。这是符合诗歌本身意旨的。

看《诗经》，掩卷而思，我们不得不对其来源的世俗性，采诗的广泛性，男女关系的相对平等性，"编审"的明智性，宫廷的包容性表达感慨、感动和感激：这些让后人读了都要血脉偾张或有如芒刺在背的作品，难道不让那些庙堂之士觉得粗野了，鄙俗了，直接了，尖锐了？难道不让他们脸红，耳热，心跳？难道不让他们心里稳不住，脸上挂不住，屁股坐不住？如果他们看了、听了受不了，当时就把它们毙了，还有现在这洋洋大观的三百篇吗？这种包容与宽容难道不是可敬的吗？

又或者，在当时本来就是"风之所有"，不值得大惊小怪？这在历史典籍中是有迹可循的。比如《左传》及《战国策》所载。

陈灵公与孔宁、仪行父，（皆）通于夏姬。皆衷其衵服，以戏于朝（按：此处在《谷梁传》中记为"或衣其衣，或衷其襦，以相戏于朝"）。

—— 《左传》

夏姬或许是正史记载的历史上第一个搞婚外恋的女人，与多人保持正当或不正当两性关系，也是曾经引发过陈国政治地震的人，玩死过许多英雄好汉，属于玩弄男人于双股之中的高手。估计有着非常艳的姿色和非常高的技巧。上段文字所述即为：她的三个包括国王在内的情人竟然当众展示炫耀各自穿的夏姬的内衣并以此相互嬉戏打闹！这也太扯了！这当然反映出统治阶段的荒淫无耻，但也说明"我们的老祖宗本来是'洒脱'得很的""十足反证了当时性观念开通的程度"（李敖《中国民族"性"》）。

谓予不信，再看一例：

宣太后谓尚子曰："妾事先王也，先王以其髀加妾之身，妾困不疲也；尽置其身妾之上，而妾弗重也。何也？以其少有利焉。今佐韩，兵不众粮不多，则不足以救韩，夫救韩之危，日费千金，独不可使妾少有利焉？"

—— **《战国策·韩策》**

垂帘听政的宣太后说这话时唾沫星子横飞，脸不改色心不跳，摆事实讲道理有根有据。堂上肃立的大臣估计想阻止已经来不及，使劲眨眼睛使眼色宣太后又看不到，想笑又不敢，只能憋着像鸡啄米一样频频点头，下班后走出朝堂才哈哈狂笑：把性事用于外事，把性交比作外交，我们的太后真是"太厚"——脸皮太厚！回去讲给老婆听时把老婆也差点笑死。

那一天在汤的大臣狂笑没有，我由于当天不在现场不知道。但我多年前看到这里把肚子笑疼了倒是真的。我一边拍着笑岔了气的胸膛一边想：这宣太后是不是个瓜婆娘哦！

清朝的王士禛看到这里，估计受到严重精神污染，是可忍孰不可忍，拍案惊奇之后差点骂人：

此等淫亵语，出于妇人之口，入于使者之耳，载于国史之笔，皆大奇！

——《池北偶谈》

这段话如被"二程"等理学之士看到，估计后果会更严重：他们可能血压飙升，口吐白沫，倒地抽搐，昏死过去。

其实，宣太后是秦国乃至历史上类似于唐武则天和宋刘娥的非常有手段、有才干、有作为的女人，也就是《芈月传》中芈八子的原型。考之历史，证之典籍，观之《诗经》，这些出格的言行在当时就没有什么大不了的。也就是说，当天朝堂上的大臣左右听了未必会忍俊不禁掩口而笑，下来后再把这个当作黄色段子到处传播。

从《诗经》有关性爱的作品我们可以得出结论：早期的爱与性是自然的，率真的，大方的，健康的。《诗经》所载也是符合人类社会发展规律的，是特定历史阶段人类婚恋的正常表现形式，像人之青春期开始遗精或来初潮一样是人类青春期生命和社会的正常现象，顾颉刚先生有言："一切诗歌的出发点是性爱。这是天地间的正气，宝爱之暇，何所用其惭怍。所以中国第一部乐诗集——《诗经》——里包含的情诗很多，作者老实地歌唱，编者老实地收录，他们只觉得这是人类应有的情感，而这些诗是忠于情感的产品。"（《史迹俗辨·诗歌的出发点是性爱》）这个说法有点以偏概全，但从爱情诗歌产生的起源讲，是符合历史事实的。

写于 2020 年 6 月 13 日至 14 日
改于 2020 年 6 月 20 日至 21 日

鴛鴦于飛

傳鴛鴦匹鳥也○崔
豹古今注鴛鴦鳧類
雌雄未嘗相離人得
其一則一必思而死
故謂匹鳥此方所輯
屋施是鸂鶒鴛鴦一
種而屋有扡者也鴛
鴦鸂鶒二類別種而
鸂鶒殊美故謝靈運
賦云覽水禽之萬類
信莫麗於鸂鶒倭中
不產鴛鴦時有海船
來者

爱情就像着了火

遵彼汝坟，伐其条枚。

未见君子，愵如朝饥。

遵彼汝坟，伐其条肄。

既见君子，不我遐弃。

鲂鱼赪尾，王室如燬。

虽则如燬，父母孔迩。

——《汝坟》

对这首诗的解读，历来并无多大争议。我们看汉儒的解读为：

道化行也。文王之化行乎汝坟之国，妇人能闵其君子，犹勉之以正也。

——《诗序》

其最有名的解释则是针对"鲂鱼赪尾"的解释，认为是"鱼劳则尾赤"，即比喻丈夫因为太辛劳而脸色不好。将整首诗解读为：文王的仁德广为流布直至到了汝水一带，诗中的女人也成了顾大局识大体、非常体谅爱怜丈夫、勉励丈夫正道直行干事业的应受妇联表彰的女同志。

> 君子仕于乱世，其颜色瘦病，如鱼劳则尾赤。所以然者，畏王室之酷烈。是时纣存。

——《郑笺》

宋儒的解读为：

> 汝旁之国，亦先被文王之化者。故妇人喜其君子行役而归，因记其未归之时，思望之情如此，故追赋之也。

——《诗集传》

就是说两千余年来的儒家学者们对此诗的解读不外一个路径：从政治角度解诗。或说是文王之化，或说纣王之暴。从政治角度解诗是汉儒开创的解诗传统。这些政治动物凡诗都要往政治上扯，就像婴儿握住奶头才会心满意足不哭不闹，他们只有扯到政治上才会消停和安宁。这也影响了后世对《诗经》的理解，直到宋代朱熹等有独立思考、有渊博学识、有文学眼光的学者出现后才有所改观。但将这首诗解读为政治诗却不能怪汉儒，因为诗中明明白白写着："王室如燬"——王室像着了火一样。"王室如燬"而"父母孔迩"。因此这首诗似乎很明显反映了古往今来官员们的一个二难选择：忠孝难以两全。

对这首诗的解读直到近现代才得以改观。

闻一多的解读为：

> 未见君子而称饥，是饥亦作性欲言。且《诗》言鱼，多为性的象征。
>
> 三诗（指《汝坟》《衡门》《候人》——笔者注）皆言鱼，又

言饥，亦饥斥性欲之证。

——《古典新义·诗经通义·汝坟》

概言之，闻一多先生认为这是一首女性荷尔蒙气息浓厚的情爱诗。

这一观点，也为程俊英、蒋见元先生承袭，认为"调饥，未吃早餐前的饥饿。这里隐喻男女性爱未得到满足""这是一首思妇的诗""这是反映社会乱离的诗"。（《诗经注析》）

在我看来，流沙河先生是在闻一多先生的基础上，把这首诗歌解析得最准确、最合理、最到位的。他石破天惊地指出：

"朝"：这个"朝"，要读"diǎo"，难受得像"屌"饥，这个"屌"就是男性生殖器。

"鲂鱼赪尾"："赪"应为"窥"即"盯"意，整个词语反映的是鲂鱼雄雌追逐交配的场景。

"王室"：指大房子，"一个大的房子专供男女在里面自由交往。树林里面讲了恋爱，如果成功就到大房子里面去"。"大房子这种可以找到各种少数民族——他们实际的村庄里面能够印证，就有一个公房，就供他们男女在里面自便。"

"父母孔迩"："男女青年谈恋爱，女子的父母不放心，到现场去又不好明明白白出来……躲到旁观瞅，让这个女子晓得大房子那儿去不得。'爸跟妈把我们盯着的。'"

（以上观点见《诗经点醒》）

这一解释澄清了汉儒以来颇为牵强的解释：忧愁得像早晨肚子饿，鲂鱼一劳累尾巴就变红，朝廷公事像房子着了火一样紧急，父母双亲需要供养。我认为流沙河论断是符合历史发展中的婚恋史实的，即早期男女婚恋与性状态是比较自由的。但我赞成把"朝饥"解释为性饥渴不赞成将其解读为"屎饥"，因这是女性自我之伤，不应用男性生殖器喻之；赞成把"鲂鱼赪尾"解释成鲂鱼求偶交配而不赞成"鲂鱼窥尾"，因为据研究鲂鱼交配时本就有红尾现象；赞成把"王室如燬"解释成心中爱情就像大房子着火而不赞成解成大房子里男男女女正在野合玩得很"嗨"，因为这太夸张太劲爆了，不符合华夏民族表达情爱的方式。

因此，我认为，这首诗描述的是：一个怀春少女带着对情人深切的思念，拿着工具，满怀期待地在汝河岸边，一边砍柴一边等候着她的心上人。心上人久久不出现，她几乎神思恍惚饥渴难耐，像一只夏日里被抛在地面上的鱼。当心上人终于出现，她像一只欢乐的鸟儿飞奔过去。两人就像鲂鱼相互追逐爱恋，就像大房子着火要熊熊燃烧。而正在这个当口，却看到女孩子的父母突然面色严肃地出现在他们面前，让人十分扫兴和尴尬。

这首诗产生了中国最早、最精当、最热烈的一句关于爱情的比喻：王室如燬，也就是："爱情就像大房子着了火。"这个比喻钱锺书先生有类似一句俏皮话："老年人恋爱，就像老房子着了火，没得救。"（《围城》）成语中至今还有"欲火中烧"。直到今天的流行歌曲还有许多把爱情比作燃烧之火的表达。

顺便说一句，父母对子女爱情的干涉阻挠，《诗经·柏舟》等已尖锐地表达过，而小时候从农村高音喇叭里听到的一首印度尼西亚民歌则如此俏皮委婉地唱道：

河里青蛙从哪里来？

是从那田里向河里游来。

甜蜜爱情从哪里来？

是从那眼睛里到心怀。

哎哟，妈妈，你不要对我生气，

哎哟，妈妈，你不要不要对我生气，

哎哟，妈妈，你不要不要对我生气！

年轻人就是这样相爱！

——《哎哟妈妈》

看来，不仅古今人情不远，中外人情也不远啊！

写于 2020 年 12 月 24 日夜

改于 2020 年 12 月 27 日夜

一葦杭之　見葭

集傳葦兼葭之屬

焉得諼草　ワスレクサ

傳諼草令人忘憂集
傳諼草合歡食之令
人忘憂香○集傳因
諼草以及合歡不以
合歡解中諼草合歡
名諼又作萱

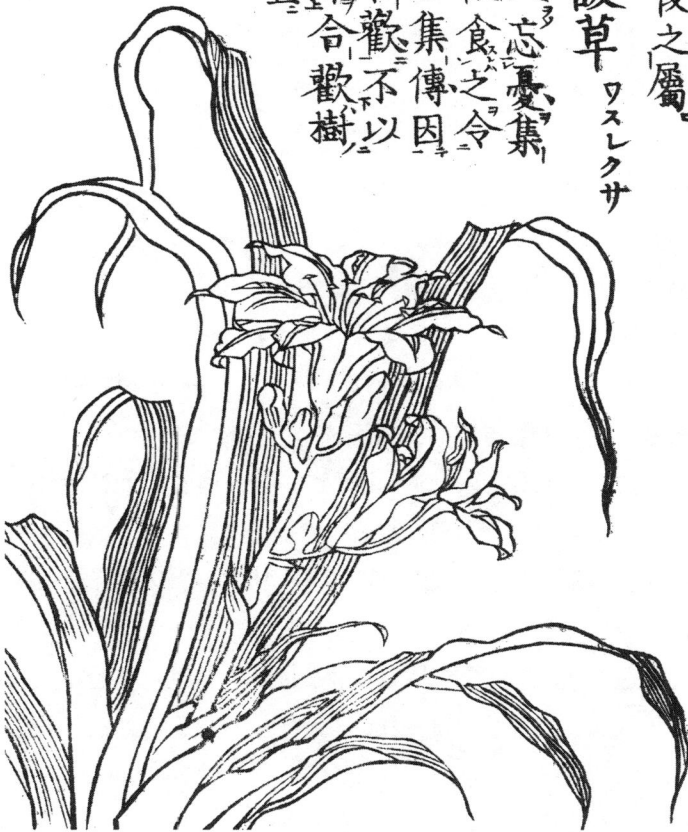

打开一首诗歌的钥匙

彼候人兮，何戈与祋。彼其之子，三百赤芾。

维鹈在梁，不濡其翼。彼其之子，不称其服。

维鹈在梁，不濡其咮。彼其之子，不遂其媾。

荟兮蔚兮，南山朝隮。婉兮娈兮，季女斯饥。

——《候人》

以下是古往今来对该诗的主要解读：

东汉卫宏："《候人》，刺近小人也。共公远君子而好近小人焉。"（《十三经注疏·毛诗正义》）

汉郑玄："鹈在梁当濡其翼，不濡者非其常也，以喻小人在朝亦非其常。"（《毛诗正义》）

唐孔颖达："首章上二句言其远君子，以下皆近小人也。此诗主刺君近小人，以君子宜用而被远，小人应疏而欲近，故经先言远君子也。"（《毛诗正义》）

宋朱熹："此刺其君远君子而近小人之词。言彼候人而何戈与祋，宜也。彼其之子，而三百赤芾，何哉？晋文公入曹，数其不

用僖负羁，而乘轩者三百人，其谓是欤。"（《诗集传》）

　　清姚际恒："《大序》谓'共公远君子而好近小人'。按《左传》，僖二十八年春，晋文公伐曹。三月，入曹，数之，以其不用僖负羁而乘轩者三百人也。遂执曹伯襄以畀宋人，即共公也。《序》不言《传》文者，示其为在《传》之前也。然曰'共公'，则用《传》明矣。"（《诗经通论》）

　　清牟庭："季女，犹少妇也，谓其妻也。……斯饥，谓分析离居常饥乏也。此言之子弃其妻也。……《候人》，刺贵易妻也。"（《诗切》）

　　清王先谦："详味诗义，季女，即候人之女也。盖诗人稔知此贤者沉抑下僚，身丁困厄，家有幼女，不免恒饥，故深叹之。而其时群枉盈廷，国家皆乱。篇中皆刺其君之近小人，致君子未由自伸。"（《诗三家义集疏》）

　　郭沫若："'维鹈在梁，不濡其翼。彼其之子，不称其服。'这当然是讥诮那暴发户才做了贵族的人。这些由奴民伸出头来的人，在旧社会的耆宿眼里看来，当然是说他不配的。"（《中国古代社会研究》）

　　闻一多："我认为不但共公与诗无关，连那所谓'近小人'也是谎话。'远君子'则又是谎话中的废话。一个少女派人去迎接她所私恋的人，没有迎着。诗中大意如此而已。若要模仿作序者的腔调，我们便应当说'《候人》刺淫女也'。"（《高唐神女传说之分析》）

　　余冠英："这里歌唱的是对于一位清寒劳苦的'候人'的同情和对于一些不称其服的朝贵的讽刺。"（《诗经选译（增补本）》）

流沙河："一个不愿意同流合污的官员，居然被贬职去当仪仗队员。他本来就看不惯那些王公大臣，现在地位一落千丈，又备尝艰辛，自然是牢骚满腹，忍不住大发感慨。"（《流沙河讲诗经》）

牟庭先生"分析离居"即候人的妻子与丈夫离婚后就"常饥乏"并无依据，尤其是看不出两人离了婚而且将"季女"解释为"谓其妻"我认为是不妥当的；闻一多先生"一个少女派人去接她所私恋的人没有迎着"，就像莺莺派红娘去迎接张生未果，诗中也看不到任何线索痕迹；郭先生解读为老权贵讽刺新权贵，这样解读后面几句上不沾天下不着地，而且以郭先生的秉性不难看出，此解颇有应时媚世之嫌。除上述解读而外，对这首诗的解读都是说，这是一个官员在"官不聊生"之时的不平则鸣，是讽刺曹共公吏治腐败。其理由似乎很在理，因为诗中交代得很清楚：这个人的身份很明确，是"候人"，即身负戈与祋，负责警戒迎送任务之人；这里指斥的对象似乎也很明确，是身着赤芾的"彼其之子"；讽刺的内容似乎也很明确，说这些家伙就像负有捕鱼任务而又懒又呆地站在那里不愿打湿翅膀不愿打湿嘴巴的鹈鹕，配不上这身高贵的衣服；候人的家庭惨状似乎也很明确，他那个长得很乖的三女娃子（估计是幺女）还在饿肚子哩（估计都饿哭了）。

我认为这种解读是错的，这不是一首政治讽刺诗，而是一首爱情讽刺诗。

其原因在于，"《国风》中凡言鱼，皆两性间互称其对方之廋语""且《诗》言鱼，多为性的象征，故男女每以鱼喻其对方。……而《候人》曰'维鹈在梁，不濡其咮'，亦寓不得鱼之意。"

（闻一多《诗经通义》）鹈鹕的本职工作是捕"鱼"，可是这家伙却不愿打湿衣裳，不愿打湿嘴巴，怎么会捕到"鱼"？"彼其之子不称其服"，这已在委婉批评这个仪表堂堂的仪仗队员不解风情了。而"彼其之子，不遂其媾"，这个媾应是婚媾之意，我们可以将其理解为：现在都没找到女朋友或者现在都没有让那个女子亲密接触发生关系。至此，批评这个"高富帅"不主动追求爱情的意思已很明显。而再往后看，"荟兮蔚兮，南山朝隮"，云蒸葭蔚，南山清晨出现了彩虹。美景美人特别是一个饥饿的美人特写突然出现在画面的末尾，让人百思不得其解。其实这可不是简单写景，天空出现彩虹也不是现在让人欣喜观望之事。那时人们认为这是表明天地之间阴阳不平衡的令人不安的异兆。这在《诗经》另一首诗《蝃蝀》中有相同表达："蝃蝀在东，莫之敢指"（彩虹出现在东方，没有人敢指着望）。"你个家伙都让天地阴阳不平衡了！"

最后一句等于揭谜："婉兮娈兮，季女斯饥。"据闻一多先生考证"饥"在《诗经》中是性欲得不到满足的隐晦表达："古谓性的行为曰食，性欲未满足时之生理状态曰饥，既满足后曰饱。"（《古典新义·诗经新义·汝坟》）"我长得如花似玉，对你一往情深，你却让我饥渴难耐，爱欲难偿。你这个不解风情的瓜娃子哟！"这里是有怨言的。

这一点，日本学者、著名《诗经》研究专家、汉学家白川静也认为"女子的心中充满了饥渴的欲望"。并指出：这个男子在人前，却如不下水的鹈鹕一般，看着干净利落却丝毫不解人情。与这样的男人交往，女子身心俱疲。他还举例说，以虹来表达男女情感的手法，在日本万叶集《东歌》中有类似表达：

　　高耸伊相保，

　　虹光映昭昭。

　　如今亦难寝，

　　情思只到朝。

——《万叶集·十四》

　　他明确指出："这里像彩虹一样着恼地感叹的是一位季女。而其中出现的粗野男子，都是无法满足爱情的无知之辈。"

　　他还指出："以季女和长女作为斋女事神，这种巫儿之风在中国也是存在的"（证之印度、尼泊尔等国可知，此俗现在还存在——笔者注）。他还探讨说，《诗经》中多处出现的"季女"（如《采蘋》"谁其尸之，有齐季女"），是事神的、不允许有世间欢娱的、不准许结婚的斋女。（见白川静《诗经的世界·山川歌谣·季女之叹》）

　　因此，我的判断是：候人是国家公务员，季女是国家有关祭祀的专职女公务员。二者因工作产生恋情，估计是女追男。但这个帅小伙有点不解风情，不够主动，性格内向得很，谈了那么久的恋爱，连手都没有拉过，嘴都没有亲过，更不用说肌肤相亲了；并且从不主动约会，从不陪女朋友逛商场，从不给女朋友买礼物，让热情似火的女朋友饥渴难耐。我认为这就是这首诗歌隐藏的信息。

　　因此，这是一个女子表达对爱渴望的诗，而且以当时风俗判之，还是一场不伦的无望的没有结果的单相思。爱情，也只有爱情，才是打开这首晦涩难懂诗歌的钥匙。

写于、改于 2020 年 12 月 5 日至 6 日

南山有臺 スゲ

傳臺夫須也集傳即莎草也○陸疏舊說夫須莎草也可
爲蓑笠都人士云臺笠緇撮傳云臺所以禦雨是也稻氏
云臺今人呼爲思頮絜似莎草而大生水中可以爲笠及蓑
亥此與莎草不同

《诗经》也有幽默

世人眼中的《诗经》"乐而不淫、哀而不伤"，就像第一首《关雎》所定的基调：中正平和、从容舒缓，有着人类的生老病死，也包括几乎所有的喜怒哀乐。但世人和论者很少注意到：《诗经》也有幽默。

《诗经》的幽默大体分为两类：一类以男女调笑为主，可称为软幽默；一类以讽喻时政为主，可称为硬幽默。据统计，这类有幽默色彩的诗歌约有 20 首。

在第一类中，最常见的是情人之间的打情骂俏，如《郑风·山有扶苏》：

山有扶苏，隰有荷华。不见子都，乃见狂且。

山有桥松，隰有游龙。不见子充，乃见狡童。

山中有扶苏树，低洼地里开有荷花。不见子都大帅哥，却撞上你这个疯癫大傻瓜！山中松树高又大，低洼地里生着水草，不见子充大帅哥，却碰上你这个滑头小冤家！

表面上写没有见到全国知名的"高富帅"而心生牢骚，实际上却是一位野性泼辣的女子笑着用手指戳着小情人的额头说："你这个小混蛋，真让人讨厌！"以其骂，更见其爱；以其言笑无羁，更见其关系之铁；以其出人意料之语，更见其为人之趣。正如《卫风·淇奥》中对一位君子的点赞："善戏谑兮，不为虐兮。"

与此类似的还有《褰裳》：

子惠思我，褰裳涉溱。子不我思，岂无他人？狂童之狂也且！

子惠思我，褰裳涉洧。子不我思，岂无他士？狂童之狂也且！

你如果思念我，撩起裤脚过溱河来会我；你如果不想念我，想追我的人有的是！你这个小浑球哦！你如果心里有我，撩起裤脚过洧河来见我；你如果心里没有我，优秀的小伙子遍地都是，你这个小傻瓜哦！

我们仿佛看到，一个敢爱敢恨、敢作敢为的姑娘隔河叉腰对着她的恋人半是戏谑半是嘲弄，半是提醒半是命令地下最后通牒："好就好，不好就拉倒！别磨磨叽叽的！"估计是二人私订终身之后，小伙子见异思迁，玩"躲猫猫"了。于是姑娘通过闺密约他出来做个了断。

另据李敖先生引经据典考证："且"是指男性生殖器。从汉字起源与发展看，这是有道理的。因此，这句诗用我们老百姓的话可译为："你这个球戳戳的家伙哟！"多么泼辣，多么直接，多么干脆！在这个姑娘面前，估计那小伙子只能支支吾吾、面红耳赤地解释道歉，连声说："亲爱的，对不起，对不起，我不是故意的！"小伙双手连扇自己几个耳光之后，姑娘终于原谅了他，点头说："好，本姑奶奶这次原谅你了，下不为例哈！"小伙子像鸡啄米似的连连点头说："亲爱的，以后再也不敢了！"《诗经》时代，这样的女强人遍地都是！

另一类是夫妻之间的床榻之语。其中两首均为"鸡鸣"：

女曰鸡鸣，士曰昧旦。子兴视夜，明星有烂。将翱将翔，弋凫与雁。

弋言加之，与子宜之。宜言饮酒，与子偕老。琴瑟在御，莫不静好。

知子之来之，杂佩以赠之。知子之顺之，杂佩以问之。知子之好之，杂佩以报之。

——《女曰鸡鸣》

鸡既鸣矣，朝既盈矣。匪鸡则鸣，苍蝇之声。

东方明矣，朝既昌矣。匪东方则明，月出之光。

虫飞薨薨，甘与子同梦。会且归矣，无庶予子憎。

——《鸡鸣》

第一首，表现了夫妻二人夫唱妇随，相互体贴、相互爱恋、卿卿我我，和睦而温馨，甜美而缱绻，其柔情蜜意，美好情怀让人羡慕，让人着迷，让人赞叹。古人也会秀恩爱呀！

第二首的幽默色彩更浓。我们仿佛看到一个赖床不起的男人在他心爱的女人面前的撒娇：首先，他不承认天已亮了，说那是月光，并说"宝贝儿，我不想上班嘛！我还想睡会儿嘛！我还要抱着你一起进入甜蜜的梦乡嘛！"而他的小甜心亲他一口之后也安慰他："朝会过后就赶紧回来！"其情其景让人忍俊不禁、莞尔一笑。

诗经中还有一首《绸缪》：

绸缪束薪，三星在天。今夕何夕，见此良人？子兮子兮，如此良人何？

绸缪束刍，三星在隅。今夕何夕，见此邂逅？子兮子兮，如此邂逅何？

绸缪束楚，三星在户。今夕何夕，见此粲者？子兮子兮，如此粲者何？

捆起柴草，参星在天空闪烁。今夜是个什么夜，见到这个佳人？兄弟呀兄弟，你把这个可人儿拿来怎么办？捆起牧草，参星在天角闪烁。今夜是个什么夜，见到这个佳偶？兄弟呀兄弟，你把这个心上人拿来怎么办？捆起荆条，参星在屋顶闪烁。今夜是个什么夜，见到这个光彩照人的美人？兄弟呀兄弟，你把这个美人儿拿来怎么办？

洞房花烛夜，关门熄灯时。这个"第三者"却一脸坏笑，反反复复问人家拿这个佳人咋办？那不是该咋办就咋办嘛！你看，这位仁兄不是一肚子花花肠子，拿人家一对新人即将到来的床笫之事取乐嘛！

在第二类中，虽为讽喻时政，但其并非正言厉色、当面直斥，如《硕鼠》《伐檀》，而是用委婉的表达方式，用比喻夸张等手法，"将那无价值的东西撕破给人看"，达到"刺贪刺虐入木三分"，其风格上仍以"温柔敦厚"为主，因此也颇具幽默色彩。

如《狼跋》：

狼跋其胡，载疐其尾。公孙硕肤，赤舄几几。

狼疐其尾，载跋其胡。公孙硕肤，德音不瑕？

老狼往前走会踩到脖子垂下的肉，往后退又要被自己的尾巴绊倒。公孙腆着个大肚子，脚穿红得锃亮的鞋子。老狼往后退会被自己的尾巴绊倒，往前走又会踩到脖子垂下的肉，公孙挺着个大肚子，名声还挺好。

这简直是一幅描写养尊处优、脑满肠肥、大腹便便的王公贵族形象的绝妙漫画。"德音不瑕"或可视为反语，如为正面表达，则幽默调笑色彩更浓。

又如《山有枢》：

山有枢，隰有榆。子有衣裳，弗曳弗娄。子有车马，弗驰弗驱。宛其死矣，他人是愉。

山有栲，隰有杻。子有廷内，弗洒弗扫。子有钟鼓，弗鼓弗考。宛其死矣，他人是保。

山有漆，隰有栗。子有酒食，何不日鼓瑟？且以喜乐，且以永日。宛其死矣，他人入室。

大意为：有好衣服你不穿，有富丽堂皇的宫室你懒得去打扫，有好钟鼓你不去敲打，有好酒好菜你不去享用，忽然哪天你死球了，徒让别人来逍遥！

虽为讽刺，也见幽默。

再如《新台》：

新台有泚，河水弥弥。燕婉之求，蘧篨不鲜。

新台有洒，河水浼浼。燕婉之求，蘧篨不殄。

鱼网之设，鸿则离之。燕婉之求，得此戚施。

大意为：新台高筑，富丽堂皇，黄河之水，浩浩汤汤。本想嫁个如意郎，不料那个家伙又丑又老长个癞蛤蟆样！

本诗把强占如花似玉之媳（正待上门）的卫宣公直接比喻为癞蛤蟆，以美景、美人、美人之美愿与后来的不堪现实形成强烈的反差对比，其表达远比"一朵鲜花插在牛粪上"有力，让人扼腕叹息，更让人产生"将那有价值的东西毁灭给人看"的愤怒。

《诗经》的幽默开启了中国文学的幽默传统，表现了古代劳动人民对社会人生的乐观心态、娱乐精神和批判意识，以及对真善美的亲近，对假恶丑的鞭笞，是十分难能可贵的。这较之于后来长期受封建礼教控制毒害甚至因"存天理灭人欲"而普遍变得所谓"品节详明德性坚定，事理通达心气和平"的作古正经、不苟言笑的国人，是一种可贵的存在。换言之，其幽默在中国文学史上，是前无古人、后无来者的存在，是空谷绝响，是旷世之音。试问除明清小说外，唐诗三百首有诸？宋词有诸？元曲多乎？

写于 2020 年 7 月 11 日至 12 日

改于 2020 年 7 月 18 日至 19 日

陶俳优俑（宋兴琼摄于成都博物馆）

隰有荷華　ハチス

傳荷華扶蕖也

其葉菡萏

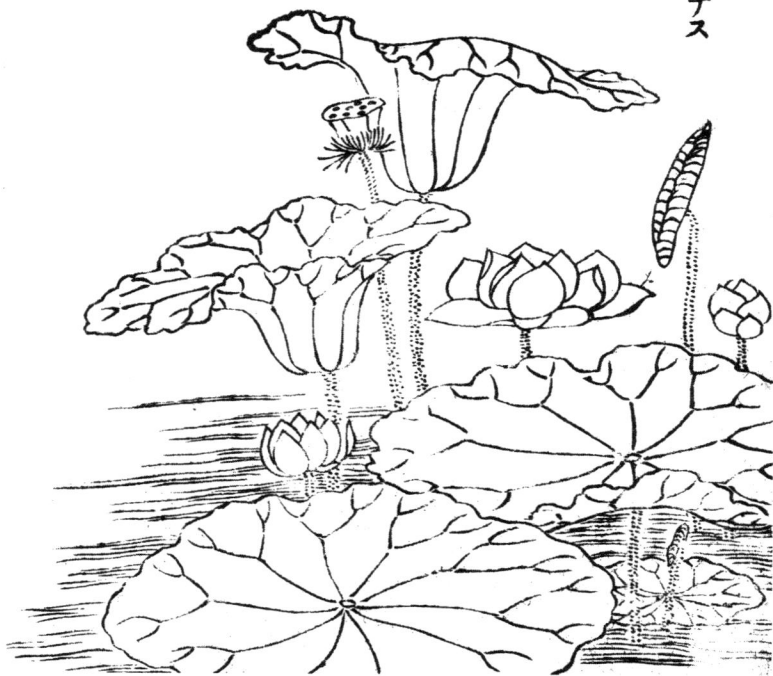

小公务员的牢骚

　　《诗经》中以公务员的口吻或反映公务员思想、工作、生活的作品数量不少，其中既有反映底层公务员生存状况的，也有反映伴君如伴虎的大臣郁郁不得志的。总体上看，这些作品几乎全部是怨愤之作（《鸡鸣》《皇皇者华》等少数作品除外）。反映出当时的公务员队伍幸福指数偏低，其中尤以底层公务员为甚：他们几乎都是抱怨连连，牢骚满腹。

　　——抱怨工作太辛苦。"嘒彼小星，三五在东。肃肃宵征，夙夜在公。寔命不同。嘒彼小星，维参与昴。肃肃宵征，抱衾与裯。寔命不犹。"（《小星》）小星星还在天上眨着眼睛，"我"就急匆匆地抱着被子（也有解释为抛弃热乎乎的床被）上路办公事去了。"唉，命运比不上人家好啊！"他的心情像这时候的天空，几乎看不到太多亮色；他的身心像朦胧的四野，几乎还处于惺忪和疲累之中；他的未来像这时候的天色，几乎看不到前景。

　　更有《东方未明》，像漫画一般表现了他们的生活：

　　东方未明，颠倒衣裳。颠之倒之，自公召之。

东方未晞，颠倒裳衣。倒之颠之，自公令之。

折柳樊圃，狂夫瞿瞿。不能辰夜，不夙则莫。

天还未亮，人还在半梦半醒之中，想到公家催逼得急，惊惊慌慌翻身起床，手忙脚乱穿衣裳，结果，把上衣和下裳都穿反了！真是急死个人、羞死个人啦！这种公人之苦，后来在大唐国务院办公厅上班的李商隐有一句形象描述："嗟余听鼓应官去，走马兰台类转蓬。"

古代公务员的辛苦还体现在早出晚归上，更主要体现在"早出"上，《诗经》中的多处信息反映的是鸡鸣即起或三星在天即起，据考证正式上班是卯时，对比一下现代人的朝九晚五，这些上班族是有点恼火哟。而且高级干部还要上"朝会课"（只有碰到唐玄宗与杨玉环小姐热恋，"从此君王不早朝"这样的好事大家才会解放）。有时考勤严格了，迟到者还要被打板子——据《元史》记载，元朝的大书法家、时任尚书省兵部郎中的赵孟頫就因上班迟到被打得又羞又辱，哭兮兮地去找"国务院副总理"叶李申诉。"古者，刑不上大夫，所以养其廉耻，教之节义，且辱士大夫，是辱朝廷也。"为此元朝对后来上班迟到、缺勤等打屁股的层级也做了调整：调至曹史以下。

——抱怨待遇太低。"出自北门，忧心殷殷。终窭且贫，莫知我艰。"（《北门》）从北门走出城去，内心愁肠百转，又困窘又贫寒，没人知我多艰难！这个可怜的公务员，承担了单位和领导交办的大量工作（"王事适我""王事敦我"），但其待遇也实在太低了，所以"我入自外，室人交遍谪我""我入自外，室人交遍摧我"。从外面回到家后，还要忍受父母、兄弟、老婆等人的指责讽刺，所以他几乎是里外不是人，内心既悲且伤，几乎哭出声来："已焉哉！天实为之，谓之何哉！"——都已经这样了，老天爷还要这么干，还要不要人活哟！

——抱怨领导不公。诗经《北山》中明确地点出公务员队伍中自古以来就存在的现象：一是忙闲不均，忙的忙得要死，闲的闲得要死（"或燕燕居息""或惨惨劬劳"，前者就是现代社会中个别存在的"一杯茶一支烟一张报纸看半天"的写照，后者则是在单位忙得"打屁不成个数"之实况）。二是鞭打快牛，"嘉我未老，鲜我方将。旅力方刚，经营四方。"——夸我年轻力壮，就让我四处奔忙。歌者的牢骚是真切的："偕偕士子，朝夕从事"，公事没完没了；歌者的不满也是明显的："王事靡盬""大夫不均"。

那么多小公务员的劳苦之声、劳苦之痛、劳苦之怨，连同底层人民在《伐檀》《硕鼠》《雄雉》中表达的指斥、嘲讽（"彼君子兮，不素餐兮""逝将去女，适彼乐土""百尔君子，不知德行）"，可以看出当时统治者对劳动人民的盘剥压榨，看出当时社会已经是一座暗流涌动的火山，看出整个社会已经处于矛盾爆发的前夜。这在另一个层面也能看出端倪，统治集团的高官自己也屡屡发出了警示："文王曰咨，咨女殷商"（文王开口叹息说，你是殷商末代王），"殷鉴不远，在夏后之世"（商朝灭亡并不远，夏桀之世早完蛋——《荡》）。"浩浩昊天，不骏其德。降丧饥馑，斩伐四国"（无边无际的天啊，你的恩德不长久。降下死亡和饥荒，残害四方百姓！——《雨无正》）。要知道，发出这些警世之言的，都是国王身边的高级干部。

难怪老子看不顺眼，到处说风凉话，认为整个社会"失道"

"失德""失仁""失义""失礼"，难怪满满一部《道德经》，处处皆冷峻沉痛之语，其中一段话更直击要害："民之饥，以其上食税之多，是以饥。民之难治，以其上之有为，是以难治。民之轻死，以其上求生之厚，是以轻死。"（《道德经》第七十五章）。

这种小公务员的牢骚，雍也就曾有过。十多年前，在一个电视电话会上，一位大官人（后来因严重贪腐落马）慷慨激昂地号召大家无私奉献、多做贡献，以"白+黑""五+二"的方式加班加点工作。这些我都没有意见，因为我们一直就这样工作，既习以为常，也认为干部理当如此。他还说：公务员就只能讲奉献贡献，不能讲待遇条件。这句话我也认。但是他还说"公务员不受《公务员法》保护"。意思是公务员不要拿《公务员法》来维护自己的权益。这就把雍也惹毛了：你说个鬼哟！你还有没有点依法行政的意识?！公务员就不是人民吗？公务员就没有家庭、父母、子女？公务员就不能有自己的权益？"只要马儿跑，不要马儿吃草"，你这不是剥削人民的周扒皮嘛！当然，把我惹毛了也没关系，因为我就是个小公务员嘛。

从个人来说，牢骚当然不宜太多，因为"牢骚太盛防肠断，风物长宜放眼量"；从社会来说，则要高度重视这种群体性牢骚，防止其太多：因为负能量多了，整个社会就不和谐了。

　　　　　　　　　　　写于 2020 年 8 月 22 日至 23 日

　　　　　　　　　　　改于 2020 年 8 月 29 日

薄采其茆 ジュンサイ

傳茆鳧葵
也集傳葉
大如手赤
圓而滑江
南人謂之
蓴菜者也
○本草蒓
是蓴菜然
鳧葵爲蒔
菜一名

毛詩品物圖攷卷二終

《诗经》里走出来的好干部

　　我们一行人骑着毛发漂亮、膘肥体健的马，车夫拉着闪闪发光的缰绳，一阵风似的疾驰在大道上。原野上到处开满五彩缤纷、灿若云霞的花儿，它们花枝招展、顾盼生姿，令人流连忘返，可是我们肩上还有未完成的使命：我们必须抓紧巡视访问，而不能停下脚步去欣赏去亲近这些春天的精灵。

　　这是《诗经·皇皇者华》里描绘的一个小场景。其诗虽短，但你看得到这些官员的一身风尘，听得见他们马车辚辚疾驰和面对沿路美景的赞叹，你感受得到他的责任感和使命感，你还能触摸到一个官员夙夜在公的情怀。这首诗与我少年时代在《红领巾》上看到的、让我油然而生敬意的明代名将戚继光的《马上作》异曲同工：

　　南北驱驰报主情，江花边草笑平生。

　　一年三百六十日，都是横戈马上行。

　　《淇澳》和《羔裘》都是群众对好干部的直接颂扬：《淇澳》描绘的是一个大夫级的高级干部。这位大领导形象好：两耳边戴着晶莹的美玉、帽上镶着闪闪发亮的宝石，他倚靠着车耳疾驰向前，简直玉树临风，帅呆了；气质好：神态庄重，举止高雅，有如青铜般精坚，玉器般庄严；学问好：他本来就博学多识，却如切如磋研究不断提升自己的学识；品德好：他本来就德高望重，却如琢如磨不断砥砺自己的品格；性格好：他宽宏大量而乐观放达，而且善于开玩笑，说话幽默风趣，一张口就让大家笑声一片。这样的领导不又古人"终不可谖"（牢记不忘），就是今天也让人称道不已啊！

《羔裘》与上类似，歌咏的是一位仪容端庄严肃、品质忠信正直、气质孔武有力的干部，夸赞他是国家的气节之士、诤谏之人、栋梁之材。

一个官员能赢得人民用歌谣传诵，这是多大的荣耀，又是多么幸福。

《缁衣》正面描写的是一位妻子情深深意绵绵一点一线地为丈夫缝补上朝的黑衣服，侧面也可见这个官员家庭的勤俭节约，甚至是清廉自持：要知道，这是个位列朝堂的高干、衣服由自己爱人缝制的高干、夫妻恩爱的高干！这与诗经中《羔羊》中的干部对比一下，就知道他的可贵了！《羔羊》描写了一位衣着光鲜从官府里吃饱喝足后回家的官员。文字极其简短："退食自公，委蛇委蛇。"却让我们看到一幅生动的画面：这家伙吃香喝辣完毕，大腹便便地走出单位，他抚摸着自己的肚皮，半眯着小眼睛，嘴里吭哧吭哧哼着小曲儿，像头悠闲自在的猪，摇摇摆摆地走回家去，你还听得到两千多年前的人民群众在他身后指指点点小声嘀咕："这个家伙整天只知道吃喝，不干正事，呸！"

还可与前些年个别腐败分子对比一下（吃烟基本靠送、喝酒基本靠供、工资基本不用、老婆基本不碰），也可知道《缁衣》这位古代官员的可贵了。

诗经表现官员忧国忧民的作品还不少。在我看来，在整个西周像巨大的泰坦尼克号不断倾覆下沉的过程中，出现了不少的警示呐喊之作。至少有以下四个方面之作：

1. 大声疾呼之作：同志们哪，醒醒吧，再不改弦更张就要完蛋啦！"天方艰难，日丧厥国。"（《抑》）

2. 忧心忡忡之作：国家眼看要覆没，覆巢之下，岂有完卵？"视尔梦梦，我心惨惨"（《抑》），这一切简直让人烦闷不堪！因此整日"战战兢兢，如临深渊，如履薄冰"（《小旻》）；"鼠思泣血"，忧愁得椎心泣血！（《雨无正》）

3. 指桑骂槐之作："殷鉴不远，在夏后之世。"但由于他是王，不便点名道姓，只能含沙射影："文王曰咨，咨汝殷商"——文王仰天长叹息："你是殷商末代王！"（《荡》）

4. 悲天悯人之作："行迈靡靡，中心摇摇""知我者谓我心忧，不知我者谓我何求"。许多论者仅把它视为一个西周故都见证者看到破败镐京之后的伤感，而没有认识到：这分明是一个对国家高度负责的高级干部，在看到革命事业严重受损之后的哀痛：天哪！革命先烈们破头颅洒热血打下的铁血江山就这么被一帮败家子、一帮幺蛾子、一帮瓜娃子毁掉啦！（《黍离》）

可以看出，一千多年后宋朝的一位高级干部与上述情怀一脉相承，那就是范仲淹。他留下了震古烁今的一句名言："先天下之忧而忧，后天下之乐而乐。"

　　《诗经》中的好干部总体上尽忠任事、勤勉有为、亲民爱民而且忧国忧民，体现出"郁郁乎文哉"的周朝以礼乐治国，干部素质良好，社会管理有序有效（昏庸无道的幽王、厉王之世除外）。

　　中国古代对官员的基本要求其实主要是两项：德才兼备（除了曹操针对汉朝腐朽的举孝廉制度而提出唯才是举以外），具体说一是政治上要忠君爱国，二是工作上要清正廉明。其中后者即是在影视作品中常见的衙门内部悬挂的牌匾，而具体的要求上则有宋代吕本中在《官箴》提出的三项要求：清、慎、勤。

　　曾经在官场上摸爬滚打、一辈子都想回到体制内为国家和人民做更大贡献的孔子则对为官提出了如下意见："政者，正也，其身正，不令而行；其身不正，虽令不从""为政以德，譬如北辰，居其所而众星拱之"，这话其实说得很笼统，虽然"高大上"，但是仅属于理念层面，真正具有指导意义的是其在《论语》中提出的"尊五美屏四恶"，可以说是为官从政的基本原则或者说是"五项原则四条禁忌"：

　　　子张问于孔子曰："何如斯可以从政矣？"子曰："尊五美，屏四恶，斯可以从政矣。"子张曰："何谓五美？"子曰："君子惠而不费，劳而不怨，欲而不贪，泰而不骄，威而不猛。"子张曰："何谓惠而不费？"子曰："因民之所利而利之，斯不亦惠而不费乎？择可劳而劳之，又谁怨？欲仁而得仁，又焉贪？君子无众寡，无小大，无敢慢，斯不亦泰而不骄乎？君子正其衣冠，尊其瞻视，俨然人望而畏之，斯不亦威而不猛乎？"子张曰："何谓四恶？"子曰："不教而杀谓之虐；不戒视成谓之暴；慢令致期谓之贼；犹之与人也，出纳之吝谓之有司。"

　　孔子不愧当过"司法部部长",任过"国务院代总理",周游过列国,体察过世情民情且"信而好古"研究过历史,提出的这几条为官之道不仅在当时具有巨大的现实意义,还有深远的历史意义:这是孔子第一次明确地具体地全面地深入地阐述为官之道(此外,还曾经在另一处《公冶长》中评论子产时点到即止表达过:"其行己也恭,其事上也敬,其养民也惠,其使民也义");这是孔子第一次彻底深入地阐述官民关系;这是孔子第一次全面深刻地阐述其民本思想,与其一贯强调的"仁者爱人"这个中心思想一致,与《尚书》中的"民之所欲,天必从之""民惟邦本,本固邦宁"一脉相承。

　　不得不说,孔子提出的这几条古代好干部标准真是非常好!他涉及几个层面:一是在形象上"威而不猛",具体说是"正其衣冠,尊其瞻视,俨然人望而畏之",即威严而不生猛;二是在待人上,"恭而不骄",无论对待什么人,都从容有礼不怠慢;三是在生活上,"欲而不贪",即有欲求("欲仁"),无贪欲(既然"欲仁",那还贪什么呢?);四是在行政上,"惠而不费,劳而不怨""因民之利而利之""择可劳而劳之",让老百姓得到实惠而不劳民伤财,有所劳役而不疲于奔命。"四恶"则从反面提出四种恶政或四禁忌:不教导民众,当民众违法犯罪便加以杀戮,叫虐待;不告诫就督责其成功叫残暴;先前下令时宽松和缓,后来突然限期紧迫,叫贼害;财务付出吝啬,叫"守财奴"。顺便说一句:孔子也曾是个好干部,因为他壮年时在鲁国为官政绩政声都很好;也算是"从《诗经》里走出的好干部",因为他受《诗经》的濡染浸润很多,明确地指出人的成长"兴于诗"。

对比一下"五美",有多少官吏做到了?检视一下"四恶"又有多少官吏没有"中枪"?即使放之当下,这"尊五美、屏四恶"也有很大的借鉴意义。

关于如何为官,被称为中国当代第一衙门博物馆的河南内乡县衙存有如下一联,可资镜鉴:

得一官不荣,失一官不辱,勿说一官无用,地方全靠一官;吃百姓之饭,穿百姓之衣,莫道百姓可欺,自己也是百姓。

短短44字,朴素而深刻地揭示了如何看待官与民、得与失、荣与辱的关系。体现了强烈的民本意识、责任意识和平民心态与为民情怀。应如何为官?各位"看官"从中应能有所启发。

对比一下历史上的包拯、海瑞、于成龙,现当代的焦裕禄等,笔者认为,为官至少应:第一,说人话,干人事,这是最起码的;第二,履好职尽好责,对得起自己的岗位俸禄,单位领导、同事,以及广大人民群众;第三,廉洁干净,不贪不占,用群众的说法是"屁股上没有屎";第四,忧国忧民、利国利民。用《诗经·蟋蟀》中的三句诗是:

无已大康,职思其居。

无已大康,职思其外。

无已大康,职思其忧。

如果每个干部都能做到当前提出的好干部五项标准:信念坚定、为民服务、勤政务实、敢于担当、清正廉洁,那当然更好啦。

写于 2020 年 8 月 1 日至 2 日

改于 2020 年 8 月 15 日至 16 日

檜楫

松舟

傳檜柏葉松身集
傳似柏○爾雅翼
檜今人謂之圓柏
以別於側柏

城 市 民 谣

　　论者几乎都认为《诗经》中的《国风》是来自乡村的"风"，全部带着山野的气息，散发着草木的清香，流淌着河川的姿影，飘荡着劳作的吟唱。如《诗经》研究影响甚大的朱熹就明确指出"诗之所谓风者，多出于里巷歌谣之作"（《诗集传》），"风则闾巷风土"（《楚辞集注》）。在雍也看来，其实不然，《国风》中有多首其实是城市民谣。

　　有女同车，颜如舜华。

　　将翱将翔，佩玉琼琚。

　　彼美孟姜，洵美且都。

　　有女同行，颜如舜英。

　　将翱将翔，佩玉将将。

　　彼美孟姜，德音不忘。

——《有女同车》

　　之所以说这首诗是城市民谣而非乡间小调，一是诗歌表现的内容是城市生活而非田园生活，二是女主人公的打扮是城市女郎而非山野村姑，三是男主人公的情感表达方式含蓄委婉而非直截了当。

在那个生产力低下的时代，车可不是像公交车一样随便哪个都可以买票乘坐的，更不是谁都可以拥有的。则男主人公要么是贵族，要么是公子哥儿，至少是城市青年。他应该是像近些年的某些"少爷"一样开着新买的法拉利，带上新交的女朋友到长安街上风驰电掣地飙车。唯一不同的是，这个青年不纵酒，不吸毒，不滥交友，这个女朋友也思想纯正，情趣健康。而且从这个女孩子在车上将翱将翔自由自在的表现上看，她也不是坐"公交车""出租车"去办事，而是坐熟人朋友的车去兜风。从车上这个女孩子看，她打开天窗，迎着风，闪烁着星星一样晶亮的眼，张开双手，一头秀发迎风飞舞，衣裙被风吹得像一面招展的旗，耳边的珠玉和身上的环佩叮当作响，整个人更像是一只展翅飞翔和滑行的鸟。嘴里甚至欢快地喊叫出来："啊！好爽啊！我要飞啦！"而坐在旁边的小伙子，心中早就长出了一双手，身子贴在姑娘身后，双手托出她的双臂，更希望长出一双翅膀，殷勤地跟随着这只漂亮的鸟儿，在天地间自由幸福地比翼双飞。这个场景多像《泰坦尼克号》那对神仙眷侣！姑娘早就下车回家去了，小伙子眼前还是那姑娘花枝招展的身影，回荡着她环佩叮当的声音和婉转莺啼的话语。很明显，这个小伙子已被这个姜家姑娘深深迷住了！但他"发乎情，止乎礼"，心中心潮澎湃，手脚并未乱来，体现了良好的文明素养。这样的诗，能是"鄙""野"之诗吗？显然不是。

说它是城市民谣是因为这首诗里还有一个字交了底："洵美且都"中的"都"字。这个字有人解释为"大"，因为《诗经》中无论男女都以高大为美；也有人解为"娴雅"，也与诗意相符。但却言不及义，其实都不对。它最准确的解释应为"时尚""时髦"，类似于二十世纪八九十年代因沿海开放，港台文化浸淫内地而说"很港"，现在说"很潮"一样。这一点，钱锺书先生有充分的考证，他引程大昌《演繁露》续集卷四说："凡地在国中邑中则名之为'都'，都，美也"，又引杨慎《太史升庵全集》卷四二、七八本此意说诗曰："山姬野妇，美而不都"，又据《左传》"都鄙有章"等语申之曰"……今谚云'京样'，即古之所谓'都'……今谚云'野样'，即古之所谓'鄙'"。再引赵翼《陔余丛考》卷二二"都美本于国邑，鄙朴本于郊野"。最后下结论说："人之分'都''鄙'，亦即城乡、贵贱之判"（见钱锺书《管锥编·毛诗正义三三》）。联系诗中"美且都"可知，"都"有"时尚"意或现今"高大上"之谓。关于这一点，诗人流沙河先生也明确指出"都者，都市风尚也，就是洋气、入时"（见《流沙河讲诗经》）。

在城乡差别逐渐缩小的今天，我们当然可以看到坐在豪车里、"洵美且都"者也可以是农村走出的姑娘，甚至也有可能是某个家伙的二奶，但在两三千年前注重等级，贵贱有别、贫富悬殊的西周宗法社会这应是不可能的事。我们从《宛丘》中赠恋人花椒，从《野有死麕》赠女朋友死獐等观之，农村青年的恋爱讲求实用实惠，城市青年的恋爱还是要浪漫小资些。

《诗经》中的《桑中》表现一个男子与姜家、戈家、庸家三个女子的三段恋情。这个家伙估计是个人见人爱，花见花开的富二代、"高富帅"，同时也是个坚持"不主动，不拒绝，不负责""三不原则"的花心大萝卜。诗中所叙几乎是他的性爱日记：他和三个姑娘几乎都是一夜情，接受姑娘的约会，在朝歌城外的大片桑园地里幽会，在城里的高级宾馆（上宫）开房，第二天姑娘依依不舍地把他送到淇水边。这个家伙，不知害了多少良家妇女，也不知有多少姑娘为他这种"三不主义"流泪哟！

很明显这也是一首城市民谣。

至于在城墙一角约会的《静女》，与心上人城外游玩的《出其东门》，思念有知识、有文化、有形象、有气质的学生哥，在城楼上徘徊等待的《子衿》，无疑都是反映城市青年爱情生活的作品，定为城市民谣当差不远。其实，在我看来，另一首中规中矩，被孔夫子青眼有加，认为充分体现《诗经》"乐而不淫哀而不伤"，特意安排在卷首的《关雎》也是一首城市民谣。

这是一首事件发生地在农村，女主人公做的是农活，场景是农事的民歌，为什么你雍也兄却说是城市民谣呢？你不是与古人抬杠、与专家抬杠吗？

这首诗在历史上被覆盖了太多的灰尘，受到了太多的涂抹，甚至被一些迂腐冬烘之徒做了太多主观发挥、一厢情愿、哭笑不得的解读。有将其解读为咏后妃之德的，有解读为替君子找女朋友的，1949年后还有活学活用的专家将其解读为歌颂女劳动人民的勤劳。这些都是很扯的解读，离历史、离生活、离真实、离文学都甚远的解读。这其实就是一个贵族青年，最起码也是一个公子哥儿，最不济也是一个有城市户口的青年的恋爱记录，绝对不是一个如四川民歌所唱的"挑起扁担嘟嘟扯咙扯上山岗啰啰喂"的脸朝黄土背朝天的农民兄弟。何以见得？首先是这个姑娘是窈窕淑女，那时的农村姑娘均要从事体力活动，那一定是身板结实硬朗，大手大脚，不像城里姑娘身量苗条、皮肤白皙、细皮嫩肉，因此城市青年欣赏的带着"小资情调"的或"文静而美好"或"幽深幽远"的"淑女"几乎不可能产生在彼时彼地之农村，《诗经》中多处形容美女的词均用"硕人""硕大"即是明证；其次男主人公准备"琴瑟友之""钟鼓乐之"，用弹琴鼓瑟这种高雅的才艺去赢得姑娘的关注青睐和芳心，用敲钟击鼓这种隆重的礼节去迎娶心上人，这是农民家庭能做到的吗？这是普通人家的婚礼能做到的吗？要知道，钟鼓本身就是贵族才能拥有的，钟鼓之礼本身就是重要典礼才会使用。而在这个历史阶段，刚好有"礼不下庶人"的规定。据考，此规定本载《礼记》，盛于周，然而西汉贾谊仍明确指出"礼不及庶人，刑不至大夫"。礼下及庶人应是宋代城市经济发展和民间子弟科举之路畅通后的产物。因此该男子自然不是寻常人家，更不是农村土豪。再者，据流沙河先生研究，淑女所采之荇菜并非食用而是用于祭祀（祭祖之酌祭，由未婚女性采集），淑女并非村姑而是城市姑娘，男子也并非农民，而是借机去搞相亲大会的城市青年（见《诗经点醒》）。因此这首诗本来就产自城市青年，流行于贵族中间，自然是城市民谣。当然，由于它"诗无邪"，中正平和、情志美好、无棱无角、四平八稳，长期作为庙堂演奏之主旋律，最后也就由城市民谣变成了"城市官谣"。

　　因此，鉴于《国风》中的一部分爱情诗用语比较规整雅致，方式比较浪漫小资，环境比较高档舒适，我们有理由将其视为城市民谣。

写于 2020 年 9 月 19 日至 20 日

改于 2020 年 9 月 26 日至 27 日

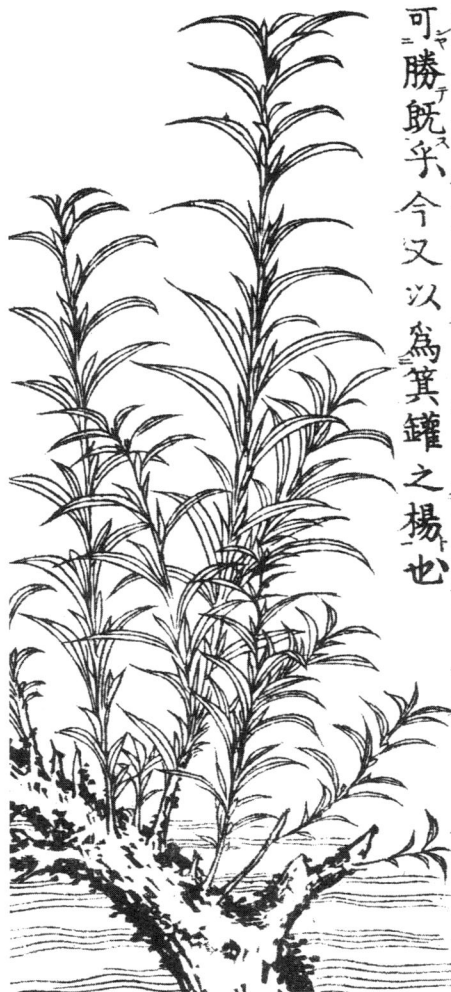

不流束蒲 カハヤナギ

傳蒲草也箋蒲蒲柳集傳春秋傳云菫澤之蒲杜氏云蒲
楊柳可以爲箭者是也○孔疏箋以首章言薪下言蒲楚
則蒲楚是薪之木名不宜爲草故易傳以蒲爲柳陸璣疏
云蒲柳有兩種皮正青者曰小楊其一種皮紅者曰大楊
其葉皆長廣似柳葉皆可以爲箭幹故春秋傳曰菫澤之
蒲可勝旣乎今又以爲箕鐳之楊也

客家话与山歌里的《诗经》遗风

第一次听到客家话是在刚到成都市龙泉驿区万兴中学参加工作的时候。这一天我们新来的四位老师和一位大姐曾老师一起到一座山峰将军顶上散步，听到曾老师和一位乡亲莫名其妙的交流——

乡亲："太甲豪！尼左么格?"

曾老师："老胎豪！艾拎轴轴。尼洗来子?"

乡亲："艾洗搓叉子。"

我们几个年轻人面面相觑，完全不知所云。事实上我们根本就没听清他们叽里咕噜在讲什么。请曾大姐重播一遍并翻译后才知道，这是当地客家人所说的土广东话。其意为：

乡亲："大姐好！你们去做什么?"

曾老师："老弟好！我们转转。你去哪里呢?"

老乡："我去乘车。"

四川省成都市竟然有客家人，竟然有我们听起来像外语的客家话，这让我们大为惊奇。后来才了解到，清初湖广填四川中，有大量福建、广东、江西等地的客家人辗转迁徙来到此地。这些客家人的后裔在一些山区等位置偏远、交通不便、族群集中的区域，因信守和坚持"宁丢祖宗田，不丢祖宗言"而形成了"客家方言岛"。

后来，笔者长期在这一带工作，尤其是在毗邻该乡的西部客家第一镇洛带工作，并且连爱人也是一位客家妹子。耳濡目染浸润其中，故对此语言有颇多观察和感知体悟，甚而至于有一个惊人发现：客家话与古汉语甚至《诗经》有隐隐约约千丝万缕的联系！

我注意到，客家话的一些词汇很古奥典雅，用我当时的话说就是："哟！这些土里巴叽广哩广啷的话还有点文绉绉的呢！"如说"穿衣"为"着衫"，"睡觉"为"睡目"，"洗脸"为"洗面"，一日三餐为"食朝""食昼""食夜"，"割"为"刈"，"女婿"为"婿郎"，等等。此外，在语音上多与唐宋时代的古音姿近。如将"食"读为"是"，将"夜"读为"雅"，"妈"读为"咪"，将"不"读为"嗯"，将"请"读为"强"，等等。此外，在表达上也有古汉语痕迹，如把"多吃点"说成"食多滴子"等等。

一次，我在翻阅《诗经》时，在摇头晃脑的吟咏中，发现原本不押韵的一些诗歌，也是可以押韵的——如果用客家话读。如："有女同车，颜如舜华"（《有女同车》）；"彼尔维何？维常之华，彼路斯何？君子之车"（《采薇》）。如将"车"读为客家话的"叉"则非常押韵。又如："将仲子兮，无逾我里，无折我树杞。岂敢爱之，畏我父母"（《将仲子》）；"陟彼北山，言采其杞。偕偕士子，朝夕从事。王事靡盬，忧我父母"（《北山》）。将"母"

读为客家话"咪"则很押韵。又如"维熊维罴，维虺为蛇"（《斯干》），将"蛇"读为"尼"则押韵，等等。这让我兴奋得像母鸡下了蛋一样咯嗒咯嗒直叫唤，赶紧向老婆孩子报告。

此外令人惊奇的是客家山歌中的许多手法与《诗经》中的赋比兴惊人地一致，甚至个别诗歌在内容上都相似度甚高。

如生于洛带镇岐山村的当代学者、客家人肖平先生在其著作《客家人》中，有一篇《客家山歌与〈诗经〉之渊源》认为"客家山歌在内容上承袭了以《诗经》为首的中国传统诗词歌赋乃至俗文学的特点"，并引用如下一首以证之：

风吹凉帽叶叶转，眼线打来牡丹花。

妹子生得凤凰身，眼角尖尖会刘人。

妹子生得好人才，哪边风水管下来。

眼拐打来镰刀样，刘人心肝无血来。

妹在那排哥这排，妹砍芒秆哥砍柴。

芒秆丢来还过得，目箭丢来刘死涯。（"涯"读为"艾"，意为：我）

我在龙泉驿区客家人现在还在传唱的一首《客家情歌对唱》中甚至找到了《褰裳》的姊妹篇：

阿妹啊，过来！要我唱歌你就游过河！你会游水就游过来！不见妹面，心就慌慌，你会游水就游过来！

阿哥啊，过来！要我唱山歌你就游过来！你会游水就游过来！不见哥面，心就慌慌，你会游水就游过来！

你看是不是与《褰裳》异曲同工：都是情歌，都是当面呼告（这在《诗经》中不多见，在后代民歌中多见），都鼓励对方渡河来相会，所不同者，《褰裳》之女子更为大胆泼辣、直截了当，并似乎掌握着恋爱主动权，而后者男女似乎更心心相印、情深意笃，也更温柔敦厚。

为什么有这样隐隐约约千丝万缕的关联呢？我想这与历史上汉族的大迁徙有关。据研究，自西晋五胡乱华开始，到唐末黄巢起义中原大动荡，到北宋灭亡宋室南渡，到明末清初湖广填四川，最后还有下南洋等，汉族有多次大迁徙。一代又一代中原人像风暴卷起的尘土被裹挟向远方，更像身不由己的蒲公英被吹得失魂落魄，最后坠落到五岭以南的崇山峻岭中，然后在这一带生根发芽、开花结果。由于相对聚集且隔绝封闭，成为将中原文化习俗乃至语言保留得相对完整的族群。在客家人后来的湖广填四川中，他们还有意保留了说客家话的习惯，虽与四川话有交融变异，然总体面貌特征犹存。故客家语言有古汉语活化石之称。关于这一点，洛带广东会馆有一幅著名画家、龙泉客家人邱笑秋先生题写的对联即有所揭示。对联写道：

吧叶子烟品西蜀土味，

讲客家话温中原古音。

客家山歌，被称为有《诗经》遗风的天籁之音。近代的客家学者罗香林对其有过广泛的收录和深入的研究，并著有《粤东之风》，论述了客家歌谣的形质、客家歌谣的价值、客家歌谣与客家诗人、客家歌谣的整理等，收录有 500 首民歌，广受学界推崇。

在我看来，客家山歌有三个特征：内容生活化，它直接把客家人的衣食住行、所见所闻、喜怒哀乐作为表现内容，这当然也是所有山歌的共同特征，与《诗经·国风》中的"饥者歌其食，劳者歌其事"之现实主义传统高度一致；表达古典化，《诗经》中的赋比兴手法在客家山歌中随处可见，比较古雅的语汇和表达随处可见，甚至表达爱情都与《诗经》的情深意切相似，也看得到唐诗宋词包括竹枝词的余韵，与《诗经》表达爱情的总体内敛含蓄相比，明显更敞亮直接，体现出未经文人雅士删削和官方反复审改的民间特征，这是客家山歌最突出的特征；选材情趣化，善于发掘选择生活中的喜剧性元素，有随兴而歌、即兴而咏色彩，体现劳动人民的幽默乐观精神，也与滥觞于《诗经》中的幽默精神一脉相承。试看以下客家山歌：

> 新绣荷包两面红，
> 一面狮子一面龙。
> 狮子上山龙下海，
> 唔知几时正相逢。
>
> ——《新绣荷包两面红》

> 满山翠竹舞婆娑，
> 砍条竹子编成箩。
> 人问编箩装么格？
> 涯编竹箩装山歌。
>
> ——《涯编竹箩装山歌》

> 月光无火样咁光，
> 井里无风样咁凉，
> 十八妹子路上过，
> 身上无花样咁香。（咁：意为"这样"）
>
> ——《月光无火样咁光》

你爱交情讲过来，

爱学山伯祝英台。

紧水滩头就莫过，

总要撑船妹爱来。

——《过山溜》

山前山后雨朦胧，

阻隔行人路不通。

不知楼上红粉艾，

岂知窗下有书翁。

三春杨柳枝枝秀，

二八桃花朵朵红，

今晚若求端的事，

除非梦里来相逢。

——《山前山后雨朦胧》

罗岗行下八角亭，

目睡滴搭没精神。

千人万人涯唔缅，

单缅涯哥一个人。（唔：意为"不"；缅：意为"思念"）

——《罗岗行下八角亭》

亚鹊落田争虾公，

唔知争到蜈蚣虫，

早知衰鬼咁多脚，

涯宁愿饿死都唔敢动。（亚鹊指喜鹊；虾公指虾；衰鬼意为倒霉鬼，这里指蜈蚣虫。）

——《亚鹊落田争虾公》

爱唱山歌你就来，

一边搭有山歌台，

今晚山歌同你唱，

唱你唔赢唔下台。

——《爱唱山歌你就来》

这些山歌不仅富有生活气息、浓郁情感，也富有文学色彩，可以说是有俗有雅、有风有情，与《诗经》等一脉相承。这些歌谣，来自乡间山野，来自泥土草根，来自四面八方之"风"，其表达爱恋之意情深意厚，表达生活之趣幽默旷达，表达人生之识圆融机智，而且口语中融有文质彬彬的书面语，个别山歌如不告知其为山歌，恐怕还以为是文人创作，如《山前山后雨朦胧》一诗，无论其意境、用语，包括对偶句的使用，都显得雅致精当。而《新绣荷包两面红》，更是被著名学者蒋勋先生在《蒋勋说唐诗》中浓墨重彩提及，并明确指出该歌谣有唐诗明艳之风（见该书《新绣罗裙两面红，一面狮子一面龙》一文）。我认为其中"荷包"与"罗裙"之细微差别是山歌传唱中的改造变异所致，或许"罗裙"还更早，因其更古雅。

此外还有与传说中的民间著名歌手刘三姐有关的山歌：

石板洗衫刘三妹，

请问阿哥哪里来。

自古山歌从口出，

哪有一条船撑来。

——《石板洗衫刘三妹》

这句"自古山歌从口出，哪有一条船撑来"，在儿时看过的至今映在脑海中的电影《刘三姐》中，刘三姐嘲笑几个去挑战她与她对歌的书呆子时有类似表达。有人认为，客家人刘三妹也是这个传说的起源之一（通常认为刘三妹是壮族，其所在地在今广西罗城）。

此外还有《高山顶上一头梅》值得一提：

高山顶上一头梅，

手攀梅树等妹来。

爷哀问涯望乜个？

涯望梅花几时开。

与我们四川民歌《高高山上一树槐》在内容上极为相似：

高高山上一树槐，

手把栏杆望郎来，

娘问女儿望啥子？

我望槐花几时开。

（以上山歌除《高高山上一树槐》外，均引自李美群、胡远慧、佟羽佳编著《广东客家山歌》，其中丰富多彩韵味十足的衬词未予保留——作者注）

这表明不同地域在文化上的相互交流、借鉴、影响。其实这在《诗经》中已经显现出来。《诗经》就有类似状况，即不同"国"有类似"风"。这在世界文化中其实也广泛存在。如东亚包括东南亚之过春节习俗，广泛存在于我国和阿拉伯地区的阿凡提传说等。这也说明文化恰如清风流水，具有很强的流动性和传播性。

客家山歌保有古雅的特征，其中的原因何在呢？

一是地域相对隔绝。客家人为躲避战乱追求安稳，多选择崇山峻岭等荒僻之地，故有客家人住山不住坝之说。这让客家人从中原带过去的历史特征、族群特征、文化特征像抽为真空的食品袋，具有一定的保鲜性。

二是文化基因强大。我在洛带古镇工作时在学习研究客家文化后，将客家人精神总结为尊祖敬宗、勤耕苦读，受到客家文化学者陈世松等认可。而中华传统文化本身就有非常强的尊祖敬宗，崇文重教传统。这几乎也是客家人的文化基因，成功成才的秘诀，自立自强的法宝。这在客家人广为流传的一副对联中可见端倪：

一等人忠臣孝子，

两件事读书耕田。

三是族群凝聚力强。由于当年南迁许多都是举家、举村、举族南迁，本身就有血缘、亲缘、人缘、地缘纽带，共同逃难迁徙至天地两茫茫的异地他乡，惺惺相惜相互帮衬之情又进一层，加之入住之地又是与己言语不通、性情不一，风俗差别甚大的畲族等少数民族聚居地，这无疑强化了这些中原人后裔的族群凝聚力。

客家话与《诗经》的这种若隐若现的关联是否也说明了传统文化中的诗教是深入人心的？我想答案应是肯定的。

写于 2020 年 10 月 24 日至 25 日，

改于 2020 年 10 月 31 日至 11 月 1 日

定于 2020 年 12 月 5 日

降观于桑久

集传桑叶可饲蚕，
者桑实曰葚。

周朝勃兴的秘密

"郁郁乎文哉，吾从周。"孔子对周朝（西周）推崇备至，当然有他参考比较局限的原因，他只有"唐尧禹舜夏商周，春秋战国乱悠悠"做解剖对象（通常认为孔子没有活到战国时期），不像我和你有二十四史和世界史做参照比较。但放诸历史，周朝的确是一个伟大的王朝。"周虽旧邦，其命维新"，其兴封建，立礼乐，行德治，崇文教，对中华文化无疑有着奠基性的深远影响。周朝勃兴的秘密何在？这在《诗经》里是有蛛丝马迹可循的。

绵绵瓜瓞。民之初生，自土沮漆。古公亶父，陶复陶穴，未有家室。

古公亶父，来朝走马。率西水浒，至于岐下。爰及姜女，聿来胥宇。

周原膴膴，堇荼如饴。爰始爰谋，爰契我龟，曰止曰时，筑室于兹。

乃慰乃止，乃左乃右，乃疆乃理，乃宣乃亩。自西徂东，周爰执事。

乃召司空，乃召司徒，俾立室家。其绳则直，缩版以载，作庙翼翼。

捄之陾陾，度之薨薨，筑之登登，削屡冯冯。百堵皆兴，鼛鼓弗胜。

乃立皋门，皋门有伉。乃立应门，应门将将。乃立冢土，戎丑攸行。

肆不殄厥愠，亦不陨厥问。柞棫拔矣，行道兑矣。混夷駾矣，维其喙矣！

虞芮质厥成，文王蹶厥生。予曰有疏附，予曰有先后。予曰有奔奏，予曰有御侮！

——《绵》

《绵》中反映出了周之先祖古公亶父的创业史。亶父在面对贪索无度劫掠成性的野蛮部落犬戎时，在一次又一次奉上布帛财物等仍未换来部落的安稳之后，史书记载他开始改弦易辙，另辟蹊径——带领整个部落远走他乡重建家园。这个抉择史书轻描淡写，而我认为绝不简单。安土重迁历来为农业民族之性。这是牵涉部落生存发展甚至生死存亡的大问题，是涉及战争与和平的大问题。他一定陷入了深深的纠结之中，他一定一次次徘徊在辽远的星空之下，呼唤过苍天，请老天爷为他指路，他一定一次次毕恭毕敬拜谒过祭坛，叩问过神灵，求卜过龟甲，请神灵为部落护佑，但都没有结果。他面对不知所措的族人，砸下拳头，最后基于如下理由，做出了远离故土，重建家园的重大抉择：土地是拿来养活人的，我们不能为了养活人而去杀人。所以我决定南迁，避免和夷狄的冲突。愿意走的人就跟我一起走，不想走的留下来，和夷狄好好相处。

　　这里亶父等周之创始人体现出的仁爱厚道，民胞物与，宽容包容之心，自强不息精神与"天行健，君子以自强不息；地势坤，君子以厚德载物"是完全一致的，其精神境界、博大胸怀、追求美好生活的决心和立业兴邦的作为让人感佩钦敬。回望亶父的这一抉择，我们看到，中华民族与人为善、以德为邻是有先天基因的，睦邻友好、和平共处是其来有自的，自强不息、艰苦奋斗是承接于祖宗血脉的（当然这当中也似乎有回避矛盾斗争的倾向，但总比那些有强盗基因的人好吧！）。即使放在现代，对我们处理民族矛盾国际纷争也有一定启发。要知道，那时亶父对处于尚未开化且屡屡索要其财物土地的犬戎尚能认为不能以争土地而杀害人民，而我们在今天还在听到一些国家的土地之争。不得不说，周王室拥有良好的基因：勤劳善良、奋斗自强。我甚至想，中华民族的强大凝聚力，巨大包容性，包括热爱和平主张"万物并育而不相害，道并行而不相悖"等思想理念也许都来源于此肇始于此，或者说这些嘉言懿行浸润和涵养了我们的民族性格，它像长江黄河干净纯洁、永不枯竭的源头，让一个民族能够行稳致远、长盛不衰。

　　在这首诗中，还提到周代历史上一件美事："虞芮质厥成，文王蹶厥生"，描述的大约是周文王时代的一件事：虞芮两国长期为一块土肥水美、林木丰茂的地方争斗不已。最后他们去找德高望重的周文王调解。到了周文王地盘上，他们看到周地老百姓耕者让其界，行者让其道，没有比较就没有伤害，这一比，才发觉他们两个国王的境界连人家一个普通老百姓都不如！于是放弃争抢握手和好。该诗作者总结周文王的治国理政，认为有四条经验：予曰有疏附，予曰有先后，予曰有奔奏，予曰有御武。

从其成功调解虞芮两国矛盾可以看出，周文王治理国家的确有一套。他不是跟着感觉走，不是跟着"脚杆"走，而是有理念，有战略，有思路，有办法，即有富国强兵之道，有凝聚人心之术，有睦邻友好之策，有统筹协调之法，简而言之是以德服人、以德治国的治国方略。由此，我们也可以看出，周文王继承并发扬了亶父治理部落的德治传统。

周代的勃兴除了积善之家必有余庆，根深叶茂可图长远外，子孙后代的戒慎戒惧、励精图治也是重要原因。以《诗经》之《颂》中，据考证为反映成王的作品为例：

> 维予小子，夙夜敬止。
> 于乎皇王，继序思不忘。

——《闵予小子》

> 我其夙夜，畏天之威，于时保之。

——《我将》

尤其让人感动的是这一首：

> 无曰高高在上，陟降厥士，日监在兹。
> 维予小子，不聪敬止。日就月将，学有缉熙于光明。
> 佛时仔肩，示我显德行。

——《敬之》

这些不同的颂诗，其实表达了相同的主题，那就是：我们一定时时刻刻戒骄戒躁，常葆敬畏之心，继承先辈光荣传统，保护好来之不易的革命江山，决不让他们失望！

尤其是《敬之》一首，明白无误地自我警示：小姬呀！你不要以为老天爷高高在上，不闻不问。他老人家上天入地自由来去，天天都在这里睁着大眼监督着我们呢！他老老实实地向神灵表示：我还是个毛头小伙子，人不够聪明，自我要求也不够严格（希望你们多包涵）。他郑重表态：我一定好好学习，天天向上，特别是向先进榜样学习（可能指他德高望重的叔叔周公旦等），争取日有所进，月有所长。他真诚请求：拜托同志们奉献你们的聪明才智，为我"扎起"，展示出你们的才华美德，给我当好榜样。

在这里，在面对上天，在面对列祖列宗，在面对自己承先启后安邦定国的事业，在面对一众文武大臣，一个最高统治者表现出虔敬与郑重并没有多么难得，难得的是这里表现出的敬畏之心，谦恭之心，自警、自省、自励、自律之心，让人耸然动容，让人肃然起敬。这与历史上那些"我是老大我怕谁"的皇帝老儿相比不知清醒多少倍，高明多少倍，给国家和老百姓带来的福分增加多少倍！我看他的态度就不仅是谦虚、谦逊，而是谦恭了！这种姿态不仅在历史上不多见，现代社会也难得一见。坦率地讲，一个最基层的乡镇长、科长恐怕也难有如此态度——本人就当过乡镇长和科长，反正我也难以时时刻刻做到这一点。

此外，有两首宴饮之诗也蕴藏着政治信息：

呦呦鹿鸣，食野之苹。我有嘉宾，鼓瑟吹笙。吹笙鼓簧，承筐是将。人之好我，示我周行。

呦呦鹿鸣，食野之蒿。我有嘉宾，德音孔昭。视民不恌，君子是则是效。我有旨酒，嘉宾式燕以敖。

呦呦鹿鸣，食野之芩。我有嘉宾，鼓瑟鼓琴。鼓瑟鼓琴，和乐且湛。我有旨酒，以燕乐嘉宾之心。

——《鹿鸣》

《鹿鸣》反映的是什么呢？是周天子用好酒好肉外加中央乐团招待手下，而且给他们发红包。估计是年终开总结大会，主持人先招呼大家安静下来，说："喂喂，大家请安静，将喉咙调至振动，下面请老大发表重要讲话。"然后周天子走上讲台，清了清嗓子发表讲话：

"同志们好！你们都是人品好、作风正、业绩优的好干部！这一年来你们辛苦了！感谢你们对我的支持帮助！今天我把最优秀的音乐家请出来为大家演奏，把窖藏的几坛老酒抱出来分享，大家喝安逸哟！首先，这里为大家准备了一个小小的红包，不成敬意哈！请大家收下，回去后不一定上交老婆哈！（会场里响起一片笑声）再次感谢大家！来，让我们一起先干一杯！共同庆祝这一年来取得的巨大成绩！"（啪啪啪啪！估计下面响起热烈而长久的掌声！许多同志因此流下了感动的泪水）

湛湛露斯，匪阳不晞。

厌厌夜饮，不醉无归。

湛湛露斯，在彼丰草。

厌厌夜饮，在宗载考。

湛湛露斯，在彼杞棘。

显允君子，莫不令德。

其桐其椅，其实离离。

岂弟君子，莫不令仪。

——《湛露》

《湛露》这首诗中周天子一开始就以主持人身份告诉各位："同志们，你们都是德才兼备的好同志，今晚放开喝哈，没有喝醉，一个都不准走喔！"

这说明啥子？说明周天子关心下属，班子团结和谐，干群关系良好嘛！这个天子可敬可亲甚至有点可爱，完全没有后来最高统治者的高高在上、不苟言笑，神圣威严得像庙里的泥塑木雕。

夜如何其？夜未央，庭燎之光。君子至止，鸾声将将。

夜如何其？夜未艾，庭燎晢晢。君子至止，鸾声哕哕。

夜如何其？夜乡晨，庭燎有辉。君子至止，言观其旂。

——《庭燎》

《庭燎》这首诗也有点意思。这是一首表现周宣王上班情况的诗，描述周宣王的勤勉。夜未央天正黑，打起火把就起床，天不亮就到岗。这样爱岗敬业的一把手实在值得表扬！有这样的一把手，周这个"单位"怎么会搞不好！

此外还不得不指出，《雅》和《颂》中那么多的牢骚、怨言、讽刺、指斥都能被收录起来，编入乐舞，进入朝堂宫室，上达天听，比如反映劳动人民悲惨生活的《隰有苌楚》《鸿雁》，反映中下层人民怨言牢骚的《北门》《北山》，讽刺贵族统治贪婪掠夺的《硕鼠》《伐檀》，控述周朝压榨邦国的《大东》（至于反映国政乱象的《抑》《荡》等已近周之衰世，几近亡国之音，不在此列）。说明周的自信、开放、和谐、包容，这样的王朝又怎么会不兴盛呢！因此，我非常赞同《诗经》研究专家扬之水先生的观点："只有治世方有敬慎与畏的清醒，或曰有此清醒，才有可能致治。""周人在祈祷祖先的虔诚中，也还保持着内省的明智。"（扬之水

《诗经别裁》）

　　唐代魏徵在《谏太宗十思疏》中写道："求木之长者，必固其根本；欲流之远者，必浚其泉源。"从《诗经》中也可以得出与史籍相近的结论：这个王朝勃兴的秘密就在于修明政治，以德治国，特别是保持了自警、自省、自励、自律的意识，保持了谦虚谨慎、不骄不躁的作风，保持了艰苦奋斗、勤俭节约的作风。因而能行稳致远、国泰民安、光照千秋。

写于 2020 年 10 月国庆节

改于 2020 年 10 月 17 日至 18 日

歌舞杂技画像砖（宋兴琼摄于成都博物馆）

華如桃李 スモ、

集傳李華
白實可食ヲ

一部婚恋史

　　《诗经》中的《风》《雅》《颂》不仅反映了西周初年（甚至或许还有商朝后期）到春秋中叶共 500 余年的政治、经济、社会、文化发展状况，也反映了华夏民族早期的婚恋形态，甚至是婚恋的变迁史。

　　在我看来，《诗经》中反映的这个变迁史有三个阶段：

　　自由恋爱、欢会野合阶段。"有女怀春，吉士诱之。"（《野有死麕》）这完全是春心荡漾的少男少女的一见钟情、两相情愿，是心与心的试探接近，是身体与身体的吸引靠近，是蜜蜂与花朵邂逅发出的芳香的旋律，是蝴蝶与阳光邂逅引发的绚丽的舞蹈。"洧之外，洵订且乐。维士与女，伊其相谑，赠之以勺药。"（《溱洧》）少男少女们禁锢了一个冬天的心灵，蓬勃生长的身体和对爱情的向往、对意中人的情意像早已雪消冰融的溱洧之水，在欢快流淌，在咿呀歌唱，又像一川碧草满眼枝梢，在含笑招摇，在幸福生长。而在《野有蔓草》中，我们则看到两个妙龄男女或许因为野地里双方抬眼一刹那目光的闪耀、心灵的震颤而瞬间认定"适我愿兮"：那就是我日思夜想的意中人，那就是我愿与之携手相伴的心上人。从而忐忑着走近，而牵手，而相依偎，而"与子偕臧"，当即把自己初恋的、纯洁的、美丽的、炽热的身心交给对方。在《桑中》中，我们看到孟姜、孟戈、孟庸等一个个妙龄女子"期我乎桑中，要我乎上宫，送我乎淇之上矣"，在恋爱中主动热烈而深挚。在《丘中有麻》中，女子更是"将其来施""将其来食"，主动邀请男友到麻田麦地享受肉体之欢。这一阶段的诗歌，我们能看到华夏民族早期的婚恋是自由的、自主的、率性的、阳光的、快乐的，甚至也可以说是自然的、大胆的、野性的，表现了他们在未经社会伦理特别是后来封建礼教压迫之时的生命活力、生命光彩和生命追求。这在中国历史上是难得的。尤需指出的是，后世的爱情诗多凄苦、压抑、幽怨之声，而这些诗歌却充满了快乐，这尤为难得。此外，还需指出的是，这一阶段的男女关系，看到的是两情相悦，看不到男性至上、男尊女卑，男女关系平等而自由，说它是封建社会以前中国人婚姻的黄金时代也不为过。

　　管束渐紧、风气渐严阶段。"鲂鱼赪尾，王室如毁。虽则如毁，父母孔迩。"（《汝坟》）这里，女子的身体像处于发情期的鱼一样，释放着求偶的能量与信息；用于人们自由欢会的"王室"里面（流沙河先生认为那其实是古人的公共性场所），也人山人海、如火如荼。但该女子却不能越雷池一步，因为父母把她看管得很严。这或许是因为她年龄还未达到"法定"婚龄，但更可能的是来自家庭、社会的规范和约束加强了。这一点，在《将仲子》一诗中表达得更清楚、更明白。诗中的女子明确地告知对方，她心里是爱他的（"仲可怀也"），但却几乎是在哀求对方不要翻越院墙来相会，不要攀爬树木来相会，因为，"父母之言，亦可畏也""诸兄之言，亦可畏也""人之多言，亦可畏也"。这里，你已能明显感到，少女萌动的春心已受到来自家庭的严格管教约束、来自社会的强大伦理压迫。他们的婚恋能否最终如愿？令人怀疑。这是一个节点，也是一个标志，还是一个前兆，那就是中国古代女人的婚恋自由自主至此结束了。从此之后，她们在婚恋上进入了画地为牢、规行矩步的时代，从此之后，她们的身心进入了不能自由自主的阶段，而这只是中国女性悲剧的滥觞。

父母之命、媒妁之言阶段。在《氓》中明确提到，"匪我愆期，子无良媒"：不是我迟迟不肯嫁，是因为你没有找到一个好媒人，表明这时候媒人已是婚姻中的一个重要角色，说媒已是婚姻中的一道必备程序，一个"合法"婚姻的要件。而在《柏舟》中，诗中的少女早已认定，那个垂发齐眉的帅小伙是她的意中人，而且至死不渝（很明显，二人已经两情相悦、私定终身），但她的母亲铁石心肠、不为所动，就是不同意。从诗歌叙事的走向看，这桩婚事最终肯定黄了，留给我们的是一堆爱情的灰烬和生命的悲剧。

《诗经》中的另一首诗则对父母之命、媒妁之言做了明确的叙述，表明在东周列国时，父母之命、媒妁之言的婚姻制度和礼教已正式形成：

艺麻如之何？衡从其亩。取妻如之何？必告父母……析薪如之何？匪斧不克；娶妻如之何？匪媒不得。

——《南山》

还有一首诗也可反面印证这一点，因为它严肃批评了一个女青年的私奔，指斥她破坏婚姻制度，不守父母之命：

蝃蝀在东，莫之敢指。女子有行，远父母兄弟。

朝隮于西，崇朝其雨。女子有行，远兄弟父母。

乃如之人也，怀昏姻也。大无信也，不知命也！

——《蝃蝀》

研究《诗经》中的婚恋现象，必须关注其中的两首弃妇诗：《氓》《谷风》。这是《诗经》中文学性很强，写得很好的诗：

氓之蚩蚩，抱布贸丝。匪来贸丝，来即我谋。送子涉淇，至于顿丘。匪我愆期，子无良媒。将子无怒，秋以为期。

乘彼垝垣，以望复关。不见复关，泣涕涟涟。既见复关，载笑载言。尔卜尔筮，体无咎言。以尔车来，以我贿迁。

桑之未落，其叶沃若。于嗟鸠兮，无食桑葚！于嗟女兮，无与士耽！士之耽兮，犹可说也。女之耽兮，不可说也！

桑之落矣，其黄而陨。自我徂尔，三岁食贫。淇水汤汤，渐车帷裳。女也不爽，士贰其行。士也罔极，二三其德。

三岁为妇，靡室劳矣。夙兴夜寐，靡有朝矣。言既遂矣，至于暴矣。兄弟不知，咥其笑矣。静言思之，躬自悼矣。

及尔偕老，老使我怨。淇则有岸，隰则有泮。总角之宴，言笑晏晏，信誓旦旦，不思其反。反是不思，亦已焉哉！

——《氓》

习习谷风，以阴以雨。黾勉同心，不宜有怒。采葑采菲，无以下体？德音莫违，及尔同死。

行道迟迟，中心有违。不远伊迩，薄送我畿。谁谓荼苦？其甘如荠。宴尔新昏，如兄如弟。

泾以渭浊，湜湜其沚。宴尔新婚，不我屑以。毋逝我梁，毋发我笱。我躬不阅，遑恤我后。

就其深矣，方之舟之。就其浅矣，泳之游之。何有何亡，黾勉求之。凡民有丧，匍匐救之。

不我能慉，反以我为仇。既阻我德，贾用不售。昔育恐育鞫，及尔颠覆。既生既育，比予于毒。

我有旨蓄，亦以御冬。宴尔新昏，以我御穷。有洸有溃，既诒我肆。不念昔者，伊余来墍。

——《谷风》

两首诗的思想内容是一致的，都是对恋爱婚姻的回顾，对负心人的揭露控诉。感情基调也是一致的，充满悲愤和痛苦。表达方式也是一致的，都是直陈其事。两首诗的女主人公都有相似之处：勤劳善良（所不同的是《氓》中的女性更刚烈清醒，《谷风》中的女性更软弱沉迷）。两首诗都反映出，夫妻双方先前都是相亲相爱的，其中《氓》里的双方还是自由恋爱的，并且是男方主动追求女方，"氓之蚩蚩，抱布贸丝。匪来贸丝，来即我谋。"这个家伙表面上看起来憨戳戳的，实际上心里明白得很，其"抱布贸丝"的手段与现代青年男女借书还书的"撩妹"手段如出一辙。但这个家伙变脸也快，现代人说婚姻有七年之痒，他是三年就开始讨厌老婆了。更可恶的是，他还频频有家暴行为（"言既遂矣，至于暴矣"）。《氓》发生婚变的原因可能是审美疲劳，也可能是性格不合。《谷风》中发生婚变的原因明确是"第三者插足"，老公又看上一位年轻漂亮的女人并娶回家中。"宴尔新昏，如兄如弟"，这一对新人爱得如胶似漆，家中已容不下旧人。而且，这个男的十分薄情寡义，分手后连送一程似乎也不情愿（"不远伊迩，薄送我畿"）。

从两首诗看，女性的地位似乎进一步下降了，男性在家中明显居于主导地位，女性明显居于从属地位，而且丈夫对妻子有"处置权"，即有离婚的权利，而妻子只有被动接受的份。

这种女性地位的下降，在《诗经》另一首诗中也有反映：

乃生男子，载寝之床。载衣之裳，载弄之璋。

其泣喤喤，朱芾斯皇，室家君王。

乃生女子，载寝之地。载衣之裼，载弄之瓦。

无非无仪，唯酒食是议，无父母诒罹。

——《斯干》

表明此时，男尊女卑的社会观念已经形成。这简直是：生男当个金包卵，生女当个缺角碗。女性的苦日子开始来临了。

小说是一个民族心灵的秘史。陈忠实的力作《白鹿原》一开篇即写到了主人公白嘉轩的一系列婚姻：

"白嘉轩后来引以为豪壮的事是娶了七个女人"：第一房女人，门当户对，白嘉轩才16岁，在无知慌乱中度过了羞于启齿的新婚之夜，女人难产死了。第二房女人，白嘉轩把娇羞的"躲躲闪闪而又不敢违抗"的女人哄上床，听到"不是欢乐而是痛苦的一声哭叫"，对女人心生恼火。此后逐渐尝到甜头的女人变得纵欲而任性，害痨病死了。第三房女人，丰满成熟，对婚姻和性有着"急迫和贪婪"，在白嘉轩怀里缠磨一年，吐血死了。第四房女人，冷漠而毫无生气，对白嘉轩的一举一动只是应合而心里毫无反应，死时"浑身扭蜷成一只干虾"。第五房女人，在白嘉轩父亲死后娶进门，被白嘉轩那东西头上长着一个有毒汁的倒钩的流言吓得发抖，白嘉轩的亲昵安抚也不能消除。之后每个夜晚都害怕得发抖，最后在终日忧惧和神思恍惚中栽进涝池溺死了。第六房女人，洞房时拿了一把剪刀，白嘉轩听从了冷先生的主意，将计就计服了百日中药，才骗得女人扯去了裤袋。但女人的心病仍在，"恶鬼缠身"后郁郁寡欢，产后就气绝了。第七房女人，仙草，是受白家恩惠并知恩图报的吴家女儿，不同于之前六门亲事，仙草与白嘉轩从小就熟悉如同兄妹。新婚之夜身上系着打鬼的小棒槌，耐心跟白嘉轩说依从法官的建议百日后再解带，"你权当百日后才娶我，不为我也该为你想想，你难道真个还要娶八房十房女人呀……"却在白嘉轩果决答应的时候反手插上了门，扯掉自己的腰带和棒槌，对他说"哪怕我明早起来就死了也心甘"。

这七个女人，有呆若木头被动依从的，有先拒后迎渐入佳境的，有渴望爱情主动投怀送抱的，有满腹忧惧阴影难除的，有敢于享受不顾一切的。连同后来在白鹿原"兴风作浪"，表面妖冶淫荡、伤风败俗，实际上是生活所迫，"被侮辱与被损害"的田小娥，都让人唏嘘不已。

香艳大胆、令人脸红心跳的描述之下，隐藏了很多民族、文化、历史、社会信息：女性地位的不堪，宗法力量的强大，社会意识的不可忽视，人性的不可遏止……

最令人触目惊心的是，白嘉轩的母亲，在白嘉轩死掉第五个老婆卫家三姑娘时，即张罗为儿子再订婚事，并说出一句惊天地泣鬼神的名言："女人不过是糊窗子的纸，破了烂了揭掉了再糊一层新的。"身为女人的母亲，说得如此自然、如此坚决、如此不容置疑，说明这种思维已进入社会潜意识。它让人深刻感受到女人在封建社会里只是四个工具：男权社会运行的工具，家族传宗接代的工具，家庭赚取聘礼的工具，男人发情泄欲的工具。

这真是千百年来封建社会妇女的莫大悲哀，也是封建社会压迫女性的结果。这种文学化的表现，是可以史为证的。

如果说，《诗经》反映了华夏民族早期的婚恋形态，或者说"半部婚恋史"，那么其后两千余年封建社会的婚恋形态也即后半部婚恋史是怎样的呢？在我看来，有三个阶段：

两汉时代：纲常高举，绳索大起时代；

宋元时代：理学兴起，误入歧途时代；

明清时代：变本加厉，登峰造极时代。

汉代在思想文化放弃黄老之治，实行"罢黜百家独尊儒术"以后，又在意识形态方面陆续提出或强化或整合了"三纲""五常"。"三纲""五常"提法出自西汉董仲舒《春秋繁露》，其来源应是孔孟君臣父子及仁义礼智信等论述。但董仲舒对孔孟论述做了进一步的引申发挥：孔孟只说"君君臣臣父父子子""父子有亲，君臣有义，夫妇有别"，只表明君臣、父子、夫妇有差别，并未说明贵贱轻重。而董仲舒却按照"贵阳而贱阴"的理论，明确了君、父、夫为主，臣、子、妻为从的主从关系，明确了男尊女卑的社会伦理，使女人从此生活在男权社会的阴影之下。其后，经由东汉女才子班昭等整合先秦关于女性（主要是朝廷女官）教育提出的"三从"（在家从父、出嫁从夫、夫死从子）和"四德"

（妇德、妇言、妇容、妇功）更是成了套在中国妇女身上的枷锁。

两汉时代虽然上述理论大行，对婚姻制度颇有影响，但雨过地皮湿，在婚姻方面却常有违反礼教之事发生。故在朝廷亦有皇亲国戚婚嫁违伦悖理之事发生，如汉惠帝娶十一岁的外侄女张嫣为后；在民间则有司马相如、卓文君私奔之事发生（史称"烂汉"，与后来乱伦之事多发的"脏唐"并称）。

还需指出的是，汉代已经形成了关于离婚的制度："七出三不去"。《大戴礼记》七出为：不顺父母、无子、淫、妒、有恶疾、多言、盗窃。三不去为：有所娶无所归、与更三年丧、前贫贱后富贵。"七出"不仅对女子太苛责（如妒、多言即休），太残忍（如有恶疾即休），而且太无理（如无子即休）。"三不去"倒还有一点点保护妇女合法权益的意思。我们从《孔雀东南飞》中可以看到，"十三能织素，十四学裁衣，十五弹箜篌，十六知礼仪"，家教良好，勤劳善良，"奉事循公姥"，与夫君焦仲卿关系良好的刘兰芝却因为婆婆看不顺眼而被迫分手，最后夫妻二人一个"举身赴清池"，一个"自挂东南枝"，酿出一宗家破人亡、让千年之后的我们至今仍心酸心痛的惨剧，也让我们认识到这"七出"的罪恶。

此外，汉代已正式形成了后世通行的婚姻程序仪式"六礼"：

一、纳采。男家使人纳其采择之礼与女家，表示想和女家提议婚事。女家如不承受，便不能行第二步。

二、问名。主人具书，遣使者至女家问女所出生年月日。

三、纳吉。问得以后，归卜于庙，求决于祖先鬼灵，问与此姓结亲之吉否。——如不吉，便止婚，须罢议。

四、纳征。卜筮得吉，遂遣使纳币以成婚礼，婚约至此才正式成立。

五、请期。男家欲娶时，具婚期吉日书，备礼物告女家；女家受礼，便是答应。否则须改期。

六、亲迎。结婚日，子承父命，先往女家。拜迎女父于门外，登女家之庙，再拜奠雁。出，御妇车，俟于门外。妇至，婿揖以入，载之归家。

两汉之后到宋代之间的婚恋制度基本上是按一个模子运行。唯有唐朝有一些新情况。可能因为"唐人大有胡气"（鲁迅语）的缘故，在宫廷多有"扒灰"（唐玄宗）和"倒爬灰"（唐高宗）及养情夫（武则天、太平公主、韦皇后、上官婉儿等）等丑恶之事发生，故后人谓之"脏唐"。但唐朝在婚恋上也多有可圈可点之处：一是允许改嫁。政府为了增殖人口，鼓励寡妇再嫁。以公主为例：唐代公主出嫁123人，其中再嫁者达24人，高达20%。二是离婚自由。唐代离婚书中还有对妻子再嫁的祝贺词："愿妻娘子相离之后，重梳蝉鬓，美扫蛾眉，巧呈窈窕之姿，选聘高官之主。解怨释结，更莫相憎。一别两宽，各生欢喜。"比现在许多离婚即成仇人的人还开明潇洒得多，更胜过那些"一哭二闹三上吊"的冤家太多。

给中国妇女再次套上更加沉重的精神枷锁，让后世中国妇女大受摧残、深受其害的是宋元时代，其代表学说是程朱理学，其核心人物是朱熹，其重要理论是"存天理、灭人欲"，其著名论断是"生死事极小，失节事极大"。这一论断是这样提出的：

或问："孀妇于理，似不可取，如何？"伊川先生曰："然！凡取，必配以身也，若取失节者以配身，是已失节也。"又问："人或居孀贫穷无托者，可再嫁否？"曰"只是后世怕寒饿死，故有是说。然饿死事极小，失节事极大"。

——程颐《近思录》

一本正经得吓人，脑子里随时都有"天理"像门神守着的朱熹还干过一件让人哭笑不得的事：劝人守节。陈师中的妹婿死了，他写信给陈师中，让他设法使其妹守节，信中写道：

令女弟甚贤，必能养老抚孤，以全《柏舟》之节；此事更在丞相夫人奖劝扶植以成就之。使自明设为忠臣，而其室家生为节妇，斯亦人伦之美事。计老兄昆弟，必不惮赞成之也。昔伊川先生尝论此事，以为饿死事小，失节事大，自世俗观之，诚为迂阔，然自知经识理之君子观之，当有以知其不可易也。

这个集宋儒理学之大成的大学问家认为生为节妇，是人伦之美，他是在成人之美，这简直是强买强卖。他不知道，人家那个女同志心里面可能有多么恨他和他那一套歪理。

有资料显示，在这位老兄任职过的福建同安，宋以后一方面，文教大兴，人才辈出，另一方面，受"三纲五常""三从四德"等礼教影响，节妇烈女也不断增多，仅明清两代记入《同安县志》的就高达 1150 人（据曾纪鑫《历史的张力》）。可见这套理论威力之大，影响之深。

这个"天理"是多么不合情理，多么扼杀人性，多么残忍，又多么荒唐！程朱等人与他们的祖师爷孔夫子相比，不是长江后浪推前浪，而是一种思想认识的严重倒退：岂不知孔子曰"饮食男女，人之大欲存焉"？孔子对人的正常欲望从来都是持认可的态度。

程朱理学上述关于"人欲""贞节"等理论是罩在中国人头上的紧箍咒，是平地刮起的一阵妖风，是笼罩在华夏天空的乌云，是扎入中国人心灵的毒针，是中华民族尤其是妇女此后一千年挥之不去的梦魇，是汇入中华文化之河的浊流，是后世许多悲剧的根源和罪恶的起因。提出上述畸形理论让人怀疑，这些人是不是读书把脑子读坏了？又或者是不是生在了畸形的家庭或接受了畸形的教育？这些理论怪胎产生在文化昌明、经济发达、社会进步的宋朝，不仅让人叹息痛恨，也让人百思不得其解。客观地说，朱熹等理学家对中国哲学等学术发展做出了不容忽视、不能低估、不可磨灭的贡献，是继孔孟之后开宗立派影响深远的旷代圣哲大儒。但其天理等学说中的消极部分对女性的残害，对人性的扼杀，对封建统治下中国人民婚姻家庭的恶劣影响，朱熹等作为该学说重要的始作俑者（当然还包括二程等）、鼓吹者、传道者、力行者，实在难辞其咎。当然这当中更有封建统治者食髓知味，不遗余力地推行，导致理学家变本加厉、走火入魔，其学说流毒甚广、贻害无穷。

在中国封建社会几乎被供上神坛的贞洁观肇始于先秦：秦始皇巡察天下，在会稽石中，就明确提出："有子而嫁，背死不贞。防隔内外，禁止淫佚，男女洁诚。"汉代官方进一步倡导"终身不改""夫死不嫁"（《礼记·郊特牲》），但实际上执行几乎一直是"你说你的，我干我的"，不然就不会有刘兰芝被休后被家人逼婚，朱买臣娶被休之妇，蔡文姬三婚而嫁，等等。甚至就在理学大兴之前的北宋，也有皇帝老儿娶老百姓老婆之事发生（宋真宗赵恒娶我的四川老乡、随父迁居华阳的刘娥，后来这个刘娥几乎成了可与武则天比肩的一代贤后）。换言之，经程、朱等理学大家不遗余力地鼓吹甚至推行，再经后来明清两朝官方声嘶力竭地宣传，胡萝卜加大棒地强力推进，贞节观遂向钉子一样被钉入封建社会的肌体之中、人民群众的头脑之中。

　　"宋代强化贞节观念的结果，到了元代，便渐渐地成为一种社会风气了，夫死守节，差不多成为妇女应尽的义务。""世人把妇女的贞节看得比妇女的生命还要重要，贞节是妇女的第一生命，而生命却被摆在了次要地位。"（罗慧兰、王向梅《中国妇女史》）你看，这个经过程朱理学冶炼后的礼教不是杀人武器又是什么？

　　如果说元朝是将程朱理学贞节观付诸实践的朝代，那么明清则是程朱理学在实践上变本加厉、走火入魔的时期。

　　明清能够将贞节之事搞得轰轰烈烈甚至登峰造极，缘于官方的大力倡导和政策支持，在我看来，主要实施了三重保障：

　　倡导贞洁、政策保障。明成祖之徐皇后作《内训》，官员解缙作《古今列女传》都是代表官方对贞节烈女的极力倡导，而明太祖洪武元年下达的诏令则更是奠定了有明一朝奖励贞节的开端："民间寡妇，三十以前亡夫守制，五十以后不改节者，旌表门闾，除免本家差役。"（《明令典》），这简直是既有巨大的精神奖励，又有巨大的物质奖励。到了清代，政策进一步放宽：准许节妇年逾四十身故，守节已满十五年者予以旌表。荣誉进一步增加：建立节孝祠，祠内立碑，祠外建坊，将受旌女子题名其上，殁后设位，春秋致祭。

惩治不贞，法律保障。《大明律》里将不孝、不睦、不义等视为十恶，将"及闻夫丧，匿不举哀，若作乐释服从吉及改嫁"均视为"不义"，从而将妇女仅存的一点婚姻权利自由全部剥夺。虽然自汉代班昭即提出："夫有再娶之义，妇无二适之文。"《礼记》也鼓吹："壹与之齐，终身不改，故夫死不嫁。"但也只是倡导，像明朝这样直接上升到法律，而且上升到"十恶不赦"，让人胆战心惊。

"人性关怀"，物质保障。清政府进一步奖励节烈，还实施了一个创举：动员各地乡绅设立恤嫠令堂（或叫敬节堂等），救助生计困难、无以守节不嫁的寡妇，衣食无着或无人供养的寡妇，甚至接受她们进堂生活。

经过明清两朝上面一系列的大力推行，持贞守节、夫死守节、不惜死节的风气遂在整个社会弥漫浸淫开来，甚至大量出现以下三种情况：

自残以守节。通过剪发毁容，断发割鼻等方式，表明自己守节的决心。九江欧阳氏18岁夫死，为守节明志，用针在额上刺"誓死守节"并染黑，人称"黑头节妇"。明代尤氏妇女在丈夫死后听恶少说她美目流盼，必不能守住贞节，为表明心志，便用石灰揉瞎双眼，自缢被救后，又以头触石而亡，让人心惊肉跳。

杀身以守节。明代谢玉华为守节，以刀自刎，见家人来救，急忙从刀口处拉出喉管，用刀割断，痛苦死去，令人惨不忍睹。清代昆明李氏女，未婚夫去世后，父亲要将她改聘他人，她用指血写下血书94字后，悬梁自尽。这让我们后人仰天长叹："李姑娘啊，你这殉的是哪门子节哟！"清代赵谦妻王氏，暑日在家睡觉，一阵风吹开了窗帘，她觉得似乎有人偷窥，郁结在胸，不能化解，于是上吊殉节，这真让人呜呼哀哉！明末兴安发大水，人们用筏子救人，有两个女子正攀着木头漂流，筏子上的人要救她们，谁知两个女子看到上面有光着身子的男人，干脆跃入水中溺死。这在今人看来，不仅是悲剧，也简直是黑色幽默了。

被逼以守节。"由于竞尚节烈，再嫁为人不齿。福州民俗中以家有贞女节妇为荣。凡女儿已字人，不幸而夫死者，父母兄弟皆迫女自尽。提前几天就在公共场合搭高台、悬索帛，临时设祭，扶女上，父母外皆拜台下，等候该女自缢，缢讫，乃以鼓吹迎尸归殓。"我们的天哪，这哪是殉节，这分明是有组织、有预谋、有目的的谋杀嘛！是光天化日之下，明明白白的为名为利杀人嘛！想一想都令人头皮发麻、四肢发软、心中发紧、不寒而栗；想一想都令人悲愤难抑、噩梦难除；想一想都让人要控诉、要呐喊：这当中有多少凄厉的哭声、挣扎的躯体、锥心的血泪、游荡的冤魂，有多少罪恶的黑手、丑恶的嘴脸、肮脏的"良心"和泯灭的人性！这是什么样的世道啊！

以上许多例子均来自有关史志、方志（见罗慧兰、王向梅《中国妇女史》，陈东原《中国妇女生活史》）。而笔者也曾在青少年时期花"重金"（5元钱）购买过一本《渠县志》（民国版），书中浓墨重彩、连篇累牍记述许多烈女节妇小传：或投井以殉节，或割股以奉亲，或年少而抚孤，或终老而兴家，令人头皮发麻。

妇女把守贞当成最大的信念信仰，把成为烈女节妇当成人生最高的价值追求，把获建贞节牌坊作为普通家庭获取名利的最佳途径，把守住贞洁而不是彼此相爱相守、彼此忠诚作为婚姻伦理的最根本要求。整个社会已经像中了邪一样开始走火入魔。我用一句话来概括就是：有条件要成为烈女节妇，没有条件创造条件也要成为烈女节妇；有条件要促成烈女节妇，没有条件也要创造条件促成烈女节妇。这是什么社会！这是什么逻辑！

需要指出的是，在封建社会流传遗毒甚广，让广大妇女变得"很傻很天真"的"女子无才便是德"经陈东原先生广泛考证即产生于明代，盛行于明清。至于"女人是祸水"这种荒唐的、混账的结论或许就来源于《诗经》："赫赫宗周，褒姒灭之。"（《正月》）这本来应是一句诗意的表达，却被后来的书呆子们作为歧视妇女的理论依据。

成书于北宋的《太平御览》中写道：

> 夫妇人以顺从为务，贞悫为首，故妇事夫有五：平旦纚笄而朝，则有君臣之严；沃盥馈食，则有父子之敬；报反而行，则有兄弟之道；必期必诚，则有朋友之信；寝席之交，然后有夫妇之际。

强调严敬、道义，最应该强调的情爱（其实爱是不见的）却排在末端，把夫妻关系弄得紧张严肃而无团结活泼。

《世说新语·惑溺》记载有这样一则故事：

> 王安丰妇，常卿安丰，安丰曰："妇人卿婿，于礼为不敬，后勿复尔。"妇曰："亲卿爱卿，是以卿卿，我不卿卿，谁当卿卿？"遂恒听之。

安丰侯王戎的老婆在人前人后常常直呼其"卿"（类似于喊"亲爱的"）。老王是个有头有脸的人，颇觉不自在，估计也经常在上班时被同志们取笑，于是回家郑重告诉老婆说这种称呼不合礼教，以后不要再这样大呼小叫啦！多不好意思嘛！老婆振振有辞地回答："我亲你爱你所以喊你为'卿'，我不喊你为'卿'，哪个喊你为'卿'呢?"——类似于老婆对你说："哟嗬！胆子越来越大了！你难道还有其他想法吗?"估计老王是个和我一样的"成都炮耳朵"，只得由老婆继续"卿"下去。

这则故事让人惊喜。它说明即使在礼教像浓雾一样弥漫笼罩的时代仍有人顺应自然保有天性，享受并大大方方展示夫妻情意，尤其是爱意，这太难得了。但也必须认识到，这毕竟是凤毛麟角，是惊世之言，否则也不会被当作"新语"即奇谈怪论和笑话记在这里。

最寒冷的时候，春天已经在路上；最黑暗的时候，光明已经在路上。在中国妇女最寒冷与最黑暗的明清时代，已经有一些先知先觉者发现了男女的不平等，女性受压迫，以及封建礼教的不合理甚至荒谬。如李贽和唐甄的男女平等观，俞正燮对男尊女卑的批判，《红楼梦》中男女平等观念的萌芽（"那个见了女人便觉得清爽""潦倒不通世务，愚顽怕读文章"的"混世魔王"贾宝玉在某种程度上也是追求民主自由和男女平等的先驱），《牡丹亭》对爱情自由的呼唤，李汝珍对男权思想的颠覆等。让我们不得不向这些"黑夜给了我黑色的眼睛，我却用它寻找光明"的先贤致敬！其后鸦片战争爆发，西学东渐，中国人主动研究，西方传教士来华传教，留学生接触西学，男女平等等观念开始传播开来。而五四运动则更加迅疾深广地在思想文化上对封建礼教展开了炮火猛烈的批判；其后，男女平等、婚姻自由等观念在知识分子中逐步深入人心。

客观地讲，妇女地位的全面彻底改善，真正实现男女平等、婚姻自由是在 1949 年后。我奶奶是经历过两个时代的人，她曾经向孙辈的我们讲过一件事：

"1949 年前，你爷爷那时候大约是二十多岁，血气方刚，脾气又大又怪球得很，遇到点事情就横眉鼓眼，动不动就骂我打我。我在乡亲们眼中那么能干，你曾祖母（爷爷的母亲）那么喜欢我，我也免不了挨骂挨打，他歪得很喔！发起脾气像头牯牛！那真是遇到'腔子'就是'腔子'（指拳头），遇到棒槌就是棒槌，甚至遇到弯刀就是弯刀！吓人得很！但我也没有办法，俗话不是说，女的要'三从四德'嘛！不是说'嫁鸡随鸡、嫁狗随狗，嫁个棒槌扛起走'嘛！"

就是说，爷爷是个把打老婆当成家常便饭的凶神恶煞，而奶奶只有忍受的份。

"1949 年后，有一天他又动手打我。这一次我就没有逆来顺受了。广播里不是说，男女平等嘛！女人是半边天嘛！我一把鼻涕一把泪地跑到村委会去告了他！结果你们猜怎么样？哈！没半天工夫，村妇联就喊来了几十个女的，围到我们院子来，一个个叉着腰指着你爷爷鼻子说：'喂，你个老几，凭啥子打骂婆娘？啊?！不说清楚，我们全村妇女开你的批斗会！'……你爷爷一看那架势，脸上红一阵白一阵，先就蔫了，最后当众给我赔礼道歉才算脱了爪爪！"

我们听得津津有味，为奶奶被伸张正义拍巴巴掌！

"那后来呢？"我们饶有兴味地问。

"后来，他再也不敢打骂我了！"奶奶得胜似的哈哈大笑。

你看，男女平等在这时候才真正实现。

历史的脚步走到今天，中国不仅早就实现了男女平等，而且女同志的地位似乎还在"蒸蒸日上"，而男同志的地位似乎每况愈下，通常排在第三位。如家有宠物，还要再降一位。而"三从四德"则有了新的内涵：

从不温柔、从不体贴、从不讲道理。

说不得、打不得、骂不得、惹不得。

更令人哭笑不得的是，现在许多男人（包括我在内）都在自觉践行"三从四德"：

老婆出门要跟从，老婆命令要服从，老婆讲错要盲从。

老婆化妆要等得，老婆花钱要舍得，老婆生气要忍得，老婆生日要记得。

对上述状况我不仅有观察，还有研究；不仅有心得，还有认识。这些成果体现在一篇旧文中：

在下就任丈夫一职未及半载，与有十几年、几十年夫龄的兄长、前辈相比，当属晚生、后辈，然于个中三昧亦有所体会，在此不揣浅陋，罗列心得一二，以就教于同行诸君。不当之处，望批评、指正。

女儿真是水做的骨肉！以前一直认为这是贾宝玉兄弟"见了女儿便觉清爽"的借口，现在才觉得这是有科学道理的：如果不是水做的，怎么可能一会儿柔情依依，一会儿是"拒绝融化的冰"，一会儿又"像雾像雨又像风"？——只有水才能在这些形态中来去自如嘛！你我"泥做的骨肉"行吗？

在使用"批评和自我批评"这个武器时一定要坚持如下原则：以自我批评为主，以批评为辅——最好不用批评，实在憋不住了，不妨笑里藏刀，"丹唇未启笑先闻"。

女人是不讲道理的——即便像内人这般知书达理的人也不例外，她们似乎信奉"家庭不是讲理的地方"。因此一方面，你切不可以自己的雄辩口才与之交锋，那无异于"秀才遇到兵"；另一方面，你要对她制造的冤假错案有清醒的认识：只要你不自绝于家庭和人民，要不了太久的时间，她准会为你平反昭雪，恢复名誉。

在和妻子发生战争后要"有理三百棒，无理三百棒"——打在自己屁股上，不然和平的曙光就不会降临。

面对夫妻间发生的矛盾，你不必惊慌失措、坐卧不宁，无数的矛盾冲突证明：矛盾是推动爱情发展的动力。

女人脑袋里存放的地雷比较多，不小心踩上了，会炸得你鸡飞狗跳。以下即为雷区：你以前的女朋友，你现在的美女同事，电视里让男人见了眼放绿光的女明星，等等。

拿破仑说：一个统治者应当知道，他什么时候该是一头狮子，什么时候该是一只狐狸。借用一下这个句式，我说：一个丈夫应当知道，他什么时候该是一只老虎，什么时候该是一只小狗。

常念"三字经"，居室暖如春（"三字经"："我爱你"）。

结婚让男人们进入一个变化无穷的"微观世界"，体会到奇妙无比的乐趣，领略到取之不尽的幸福。它让一向粗枝大叶的男人变得心细如发，在豪放的气息中增添一点婉约；它让男人在这里凸现出自己眼界的开阔，心胸的豁达，志向的高远，为人的宽厚……马克·吐温帮我说过一句话："早知道结婚这么安逸，我会在小孩时就结婚，而不会把时间浪费在磨牙和打碎瓶瓶罐罐上。"

一句话：做丈夫的感觉——不错哟。

——《做丈夫的心得》

呵呵，这是拨乱反正还是矫枉过正？

写于 2020 年 9 月 19 日至 9 月 20 日

改于 2020 年 9 月 26 日至 9 月 27 日

呦呦鹿鳴 シカ

集傳鹿獸名
有角〇靈臺
麀鹿攸伏麀
牝鹿也

跃龙门的鱼

　　孔夫子在劝导青年人多读《诗经》时，为《诗经》打的著名广告语是："小子何莫学夫《诗》？《诗》可以兴，可以观，可以群，可以怨。迩之事父，远之事君。多识于鸟兽草木之名。"这话简直与二十世纪八十年代流行的"学好数理化，走遍天下都不怕"极其相似。就当时的社会生产力水平看，《诗经》的确有巨大的政治功能、社会功能、文化功能、认识功能。甚至有自然科学特别是动物学教科书之功能。时至今日，《诗经》的名物研究仍然是《诗经》研究中的重要分支。其中仅鱼就点到鲂、鳣、鲔、鳟、鲦、鲤、鲨、鲼等二十余种，比我在初中学动物学教材、在生活中晃荡几十年所见到吃到的鱼还多。

　　手头有一本写《诗经》动物的书，对《诗经》中那些天上飞的、地上爬的、水里游的动物做了几乎是一网打尽的收录，对其在《诗经》中的行踪做了汇总，并且记有其"前世今生"，配有其"标准照"（日本人橘国雄之插画），是一本饶有兴味的书。在《潜有多鱼》一篇中看到其介绍鳣鲔之性时，录有鳣可长到二三丈，鲔长一二丈之记载。并录有鳣"逆上龙门，能化为龙"，鲔"亦能化龙"之说。（林赶秋《诗经里的那些动物》）虽然这是古人不懂科学之奇谈，但想到一些鱼在水中喜跳跃并有生殖洄游等特性，这些鱼又体形硕大，脑中突然冒出一个联想：鲤鱼跳龙门中的鲤鱼跳那么高，跨那么远，作为一位超级运动员，会不会就是这些高手哦？所谓鲤鱼跃龙门者，会不会就是其生殖洄游中的自然现象哦？

鲤鱼跳龙门的故事是这样的：居住在黄河里的鲤鱼听说龙门风光好，都想去游玩，它们从孟津黄河出发一路来到龙门水溅口的地方，但那时龙门还未凿开，大家无法前行。于是有大红鲤提议跳过龙门山。但众鲤鱼一则觉得太高跳不过，二则担心危险系数太高，掉下来可能摔死而畏缩不前。后来大红鲤自告奋勇，先行先试，纵身一跃跳到半空。一团天火从身后追来，烧掉了它的尾巴。它忍痛继续飞跃，终于跨过龙门山，落到山南湖水中，在水中扭身摆尾的一瞬间变成一条巨龙。

这个故事大约起源于汉代。而在战国《竹书纪年》中记载了与此相关的自然现象："河水赤于龙门三里""河水赤于龙门三日"的"龙门赤河"现象。

这是传说中一个美好的故事、色彩斑斓的故事，也是一个奋斗的故事、励志的故事。想象一下黄河中的鲤鱼们在浩浩河流中在灿烂的阳光下纷纷噼里啪啦跃出水面，在河面上划出一道道五彩斑斓、金光四射、令人目眩的弧线。那是江河起伏的旋律中的华彩乐章，那是大自然着上的如锦的衣衫，那是"万类霜天竞自由"的动人景象。其特别意义更在于故事体现出的激励自我，展示自我，超越自我，成就自我，于人也颇有启示，在我看来甚至是提倡中庸之道、四平八稳的传统文化中的异数。毫无疑问，这个故事在许多年前也激励和滋养过出身贫寒的雍也，正如孟子所谓：舜人也，禹人也，彼能是，而吾乃不能是？鲤鱼能跃过龙门，雍也又为何不能越过"农门"和其他什么门?！因此这个故事虽是传说，亦甚美好；虽不科学，也很动人。

经查阅相关资料，果然是它：这里的鲤鱼实际是鲔鱼，或称鳣鱼，又叫鳇鱼或黄鱼，也就是鲟鱼，中华鲟即是这类鱼。由于古代大鲤亦名鳣，故古人将鳣鲔与大鲤相混，传为鲤鱼跃龙门。并且据调查研究，鲟鱼产卵多在江河上游，水温较低、流速较大、流态复杂、河道宽窄相间并具石砾底质的激滩地带（王锐《"龙门赤河"考》）。

由此可知，鲤鱼跃龙门与"赤河三日""赤河三里"一样，实为一生物现象，是鲟鱼在春天繁殖季节的一种生殖洄游。在此期间，大批鲟鱼洄游至此，在临产卵期因生理原因频繁跳跃，雌雄竞逐，此伏彼起，而其充血发红的鳍也露出水面，像红艳艳的牡丹开放在河面，长达数里，持续数日，蔚为壮观。而这在《诗经·硕人》中有一处描写让人印象十分深刻：

河水洋洋，北流活活。

施罛濊濊，鳣鲔发发。

葭菼揭揭，庶姜孽孽。

庶士有朅。

这里描写的是齐国大美女庄姜出嫁的盛大景象：

大水汤汤，一泻汪洋。

下水渔网，哗哗直响。

鳣鱼鲔鱼，僻鲅跳荡。

岸边芦苇，茎秆修长。

陪嫁姑娘，又多又靓。

随从男子，相貌堂堂。

鳣鮪發發　發　乃

傳鳣鮪也集傳鳣魚似龍

黃色銳頭口在頷下背上

腹下皆有甲大者千餘斤

傳鮪鮥也集傳鮪似鳣而

小色青黑○孔疏鳣大魚

似鱣而短鼻口在頷下體

有邪行甲無鱗肉黃大者

長二三丈江東呼爲黃魚

陸疏鮪似鱣而青黑頭小

而尖似鐵兜鍪口在頷下

鮪鱣屬或爲鮊鮷者

非是

　　好一幅生动活泼的景象！好一幅生机勃勃的画面！唯愿我们"巧笑倩兮，美目盼兮"的大美人庄姜像这幅美景一样有一个美好的婚姻和未来！这里的鳣鲔或许像年画中的鱼一样充满了吉祥、富足、生机、多子等美好期待祝福吧。事实上并非如此，庄姜出嫁后一直被卫庄公这个混蛋暴殄天物、弃若敝屣，打入冷宫过得非常不幸福（《诗序》："庄公惑于嬖妾，使骄上僭。庄姜贤而不答，终以无子"），这个家伙娶了这样一个品貌兼优的国宝级大美女又不对人家负责，甚至可能连碰都没碰过人家呢。在这一点上，我对她的娘家、当时的超级大国齐国对此不闻不问是很有意见的。如果我是那时的齐王，我一定兴师问罪；如果他是我妹夫，见了面我一定用四川话臭骂一通："你个瓜娃子，连自己的宝贝老婆都不珍惜！你给老子爬哟！"并捋起袖子抡起拳头，暴揍得他满地找牙，最后责令他当众检讨、做出保证，并保留进一步追究的权利。

写于 2020 年 12 月 19 日

改于 2020 年 12 月 20 日

必河之鯉 コヒ

远去的犀象

　　犀与象在当今人们的印象中只常见于非洲大陆，而不知它们实际上长期存在于华夏大地。就是《诗经》中也有其影影绰绰的身影。

　　《诗经》中虽然动物出没甚多，但犀与象的正面形象却几乎没有。提到犀和象都不多。如提到犀时仅有曾被孔夫子困于陈蔡时引用过的"匪兕匪虎，率彼旷野"——我不是犀牛老虎，为什么却在旷野游荡（《何草不黄》）和"兕觥其觩，旨酒思柔"（《桑扈》），"我姑酌彼兕觥，维以不永伤"（《卷耳》）等数处，也就是犀牛更多是以其角做的酒杯形象间接出现在《诗经》中；提到象时仅有"象之揥也"（《君子偕老》），"佩其象揥"（《葛屦》），"四牡翼翼，象弭鱼服"（《采薇》）。"虽则佩觿，能不我知"（《芄兰》）等屈指可数的表述。这里"象揥""觿"是穿戴在身的以象齿、象骨做成的装饰品，"象弭"是象骨装饰的弓箭。表明此时黄河流域或其周边（更可能是周边方国）可能有象，但因始终没有正面出现，表明至少在该区域犀、象已为稀有物种。

而据竺可桢先生的研究，"武丁时代的一个甲骨上的刻文说，打猎时获得一象。表明在殷墟发现的亚化石象必定是土产的""河南省原来称为豫州，这个豫字就是一个人牵了大象的标志"（竺可桢《中国近五千年来气候变迁的初步研究》）。这说明华夏文明的早期，象（还有犀牛）曾经在中原大地上步履从容地来去过。其消失这或许是随着华夏文明在这一带兴起，开发较早，植被破坏生态变得不适宜其生存，而逐渐远离人们的视野。

　　这在其他古籍上也可间接证之。《山海经·中山经》说："岷山……其兽多犀象"，《国语·楚语》说："巴浦之犀、牦、兕、象，其可尽乎"，《华阳国志·蜀志》："其宝则有……牦、犀、象……之饶"。这表明在中原大地的犀象等物早已消亡的时候，巴蜀大地在相当长的历史时期都曾经是犀、象等大型哺乳动物潇洒来去的天堂和乐园（因《华阳国志》已是晋代时期之作）。

　　《诗经》之后，我们在黄河流域已难见犀、象踪影。而后来即使在富有犀、象的巴蜀之地也不知什么时候没有了它们的声音与身影。据蒋蓝先生"上穷碧落下黄泉"的考证，大约在西汉广开西南夷之后，因为气候环境的变化，人为的大量垦殖，象群逐渐南迁。因为蜀人对象的感情深厚，在其走出、远离人们的生产生活和视野之后，蜀人十分怀念怅惘，甚至产生了一个新词：想象。蒋蓝先生甚至饶有兴味地考证：繁体字的"为"即"為"就是取的象之形，他认为其左边那一撇是人在驱象（见其《蜀地笔记·想象之象：古蜀大象踪迹》）。不过我认为这一撇或许是直接象形即"取象"象鼻子。他并引用罗振玉《殷墟书契考释》的考据成果，即为"从爪从象，意古者役象以助劳，其事或在服牛乘马之前"。

　　让我们"想象"一下这个场景：数十甚至数百年里，成千上万的人们的刀砍斧斫之声像潮水一样漫涌而来，一片一片淹没掉大象们的家园，它们忧郁地、依恋地、无奈地仰天长嗥着一步一步迁出了它们的家园，远离了人们的视线。而蜀人在多年之后，突然醒悟过来，发现他们永远地失去了一群忠实的、温顺的、有益的、可以触摸亲近的生命之友。于是他们摇头，叹息，后悔，怅惘，怀想……毫无疑问，这种"想象"是苦涩的，是惆怅的，是"此恨绵绵无绝期"的。其实这种"想象"又何尝不是对远去了的故园、永远消失了的故园的怀想。

　　故乡永远是一个让人兴味盎然的话题，永远是一个润泽生命和心灵的泉源。笔者曾写有一首回乡经历的小诗《荡漾在故乡黎明的羊水里》：

　　　　竹鸡笃笃敲叩芬芳的梦境

　　　　画眉们争先恐后撒下

　　　　珍珠般的啼鸣

　　　　两只斑鸠在对面庹家坝上

　　　　自在地唱和

　　　　像田野里两个乡亲

　　　　东一句西一句摆龙门阵

　　　　童年的鸡犬人声

　　　　以及我远去祖母的锅碗瓢盆

　　　　在黄檩树丫口的这个清晨纷纷苏醒

　　　　天光在床前笑意盈盈

看我昨夜从千里之外驮回的肉身

荡漾在故乡黎明的羊水里

我的每一个细胞都浸润着梵音

在此不禁还想起于右任先生的一首诗来：

葬我于高山之上兮，望我大陆；

大陆不可见兮，只有痛哭！

这里面浓得化不开的乡愁之雾，难以下咽的思念之苦，天涯游子之悲，椎心泣血之痛，让人耸然动容。

2013年初，成都天府广场附近四川大剧院工地挖出一只犀牛状石兽，长3米有余，重8吨。据研究，此即《蜀王本纪》所载之李冰所制石犀（"江水为害，蜀守李冰作石犀五枚，二枚在府中，一枚在市桥下，二枚在水中，以厌（压）水精，因曰石犀里也"），这也从实物证明，先秦时代犀牛在蜀地是一客观存在。

石犀（宋兴琼摄于成都博物馆）

在三星堆、金沙，包括殷墟等遗址中，我们可以看到大量的象牙和以象牙制成的物件（或许还有犀牛角骨制品），证明古蜀甚至古代中原地区确为大象、犀牛乐园。其实，这些遗址也是大象、犀牛的墓园啊。

写于 2020 年 12 月 22 日夜

改于 2020 年 12 月 23 日夜

四川渠县汉阙之白虎（戴连渠摄于渠县土溪镇）

象之掃也

集傳象，
象骨也。
○中國
無象出
交廣及
西域吾
國享係
中廣南
獻象記二
傳至今二

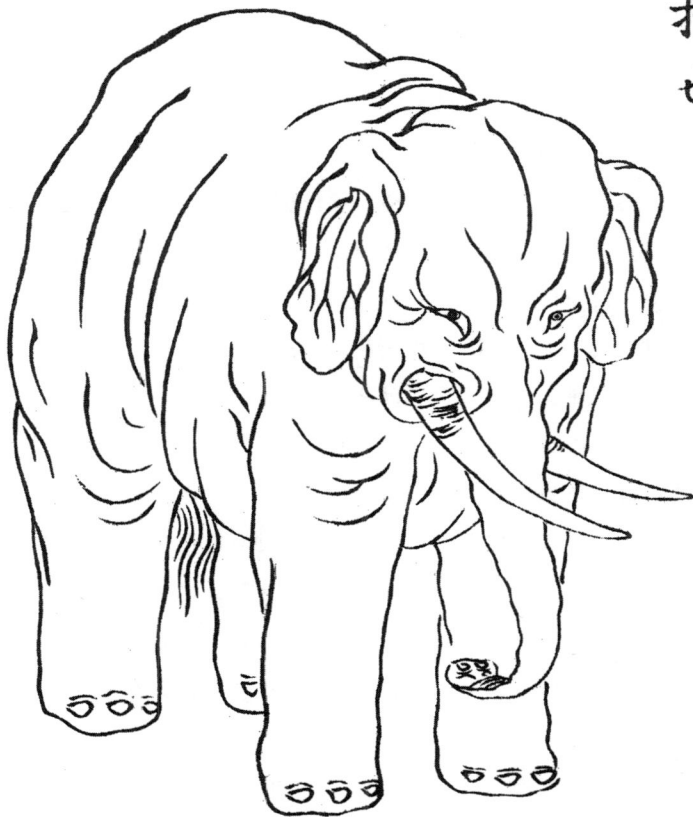

消失的麒麟

麒麟被称为仁兽，"牡曰麒，牝曰麟"。其在中国传统文化中地位甚高，麟、凤、龟、龙并称为四灵，为中国人心目中的吉祥福瑞之兽，寄寓了太平吉祥之意，也喻人之杰出者，与人中龙凤同义。《诗经》可能是最早提及麒麟的：

麟之趾，振振公子。于嗟麟兮！

麟之定，振振公姓。于嗟麟兮！

麟之角，振振公族。于嗟麟兮！

为什么把麒麟比作振振公子（德行仁厚的公子）？因为古人发现，麟有足而从不击踢人畜，有犄角而从不攻击人畜，是一种性情温驯、人畜无害、环境友好型的动物，故对之赞美有加。这一点，汉代刘向《说苑》有一段颇为抒情的赞美麒麟的文字与此异曲同工：音中律吕，步中规矩，择土而践，彬彬然动则有容仪。简直就是一位说话声音悦耳动听、气质温文尔雅、举止彬彬有礼的君子哩。

据《史记·孔子世家》"西行获狩"的记载，鲁哀公十四年

（公元前 481 年）春天，叔孙氏的司机鉏商捕获了一只怪兽，以为不祥。孔子前去观看，说："这是麒麟啊！"就把它带了回去。并说："黄河上再也看不到神龙负图出现了，洛水中也看不到背上有文字的龟浮现了。我的夙愿怕是没有什么希望了！我的道啊，看来是到了尽头了！"有关记载是，孔子还感慨万千老泪长流地赋诗一首：

> 唐虞世兮麟凤游，
>
> 今非其时来何求？
>
> 麟兮麟兮我心忧！

自此，孔子封笔，一年后即逝世。

我认为这个情境和诗意是符合当时当事实际的，孔子看到麒麟在不该出现的时间和地点出现并被捕杀，几乎就与一直希望对国家和社会大有作为而壮志难酬、怀才不遇、生不逢时的自己十分相似。这种悲哀、痛苦、遗憾是真实地弥漫在夫子的内心的。因而我相信，孔夫子当时看到这只被捕的奄奄一息的麒麟，心里一定痛得流血。而诗句则有《楚辞》风，明显是后人做好事不留名的假托之作。

麒麟在后来的典籍中以实体动物形象出现的并不多。唐代韩愈的《获麟解》一文论述生不逢时、怀才不遇之忧愤，其中也反映了一事，唐元和七年（公元 812 年）东川现麒麟。此后宋明一些文章和方志中有四川出现麒麟的零星记载。我很怀疑这些所谓出现麒麟都是子虚乌有的事，是为了证明"瑞兽至而仁王兴"的自欺欺人、歌功颂德的把戏，类似于多年前一些地方为了出政绩而搞出的"区哄乡，乡哄县，一直哄到国务院"。其中明代在郑和下西洋后带回过"麒麟"："阿丹国进麒麟，番名祖剌法。"实际上是长颈鹿。因"祖刺法"是阿拉伯语"长颈鹿"之音译（见江苏太仓浏河天妃宫《天妃宫石刻通番事迹记》碑记）。

麒麟的形象有一个变迁的过程：《诗经》所记仅可看出其有趾、定（额头）、角。西汉刘向《说苑》交代得更明白："麕身牛尾，圜头一角"，身子像麕即獐子，尾巴像牛，长一只角。据东南大学孙长初先生考证："汉画像石上的麒麟，取鹿为主体造型，只不过相较于现实生活中的鹿，分叉的鹿角中间多了一只明显高耸的角，形成'山'形；另有部分鹿图像的身腹部刻饰飘逸的羽翼。"由此看出，麒麟这只原本实实在在的"仁兽"开始逐渐成了"神兽"，人们神化它的原因，是"拓展了鹿图像引魂升天的主题，在鹿图像的头部加上山形角，提升了鹿图像的神格地位，使之成为王者风范的象征。以至于六朝石刻麒麟只在皇帝陵墓使用。在身腹部刻饰羽翼则是中西文化交流的体现"。"在自然界并不生长羽毛的动物身上装饰羽翼纹的传统，其源头是遥远的西亚的斯基泰人艺术，更可以推源到古代迦勒底－亚述的装饰艺术"（孙长初《汉画像石麒麟图像考略》）。而到了南朝时期，从南朝帝陵中的麒麟形象看，已有一定狮虎特征；至元代，又兼龙马特征；至明代，麒麟形象进一步丰富，呈狮头、鹿角、麋身、龙麟、牛尾兼龙尾特征，奠定了现在雕刻作品中常见的形象。

看得出麒麟形象经历了由鹿类形状到"四不像"直至威猛神异、腾云驾雾的过程。

因此，麒麟到底是什么动物可以从其形象演变中窥知：它其实应是一种消失了的鹿类动物。这在笔者家乡渠县汉阙特别是宕渠瓦当上可以十分清晰地看到其鹿类特征。

　　另有一汉代画像石麒麟图案更显其轻捷飘逸，简直帅呆了。仔细一看有点像非洲草原上的羚羊。

　　我这种看法得到了胡淼先生的印证。他说：麒麟本是一种近似羚羊的食草兽类。自公元前 5 世纪从中国灭绝后，逐渐被说诗者讹传、神化，附会为"不践生草，不履生虫，王者至仁则出"的瑞应神兽。他肯定地指出：

　　麋羚，又名麟、猏羚、麒麟。为牛科 Bovidae 猏羚亚科 Alcelaphinae 的兽类……现今仅生活在非中部从东海岸到西海岸的狭长地带。（《〈诗经〉的科学解读》）

　　考证可知：麒麟等"四灵"在形象上几乎都是许多动物的"组装件"（龟除外）；在本领上几乎都有"特异功能"；在起源和性质上，几乎都是图腾崇拜；在效用上几乎都有抚慰滋养民族精神、心理的作用。特别要指出的是，四灵中地位最高贵、最有代表性的龙的形象为鹿角、蛇身、鳄鱼皮、蜥蜴足、鹰爪等多种动物器官的集合体。这些动物器官作为图腾构件出现，说明虽然鳄鱼等在黄河流域早已绝迹，但历史上该区域有这些动物存在。这表明了数千年来物候和生态的巨大变迁。这在竺可桢先生的研究中可以证实。他说："有人据此推断，三千年前，黄河流域同今日长江流域一样温暖湿润。"他并引《召南·摽有梅》和《卫风·淇澳》说明，"梅和竹均是亚热带植物，足征当时气候之和暖。"他还指出，"近五千年期间，可以说仰韶和殷墟时代是中国的温和气候时代，当时西安和安阳地区有十分丰富的亚热带植物种类和动物种类。"（《中国近五千年来气候变迁的初步研究》）我认为这些历史上被描绘得神乎其神的灵兽瑞兽的真相是：都找得到来源和依据，都经历过由凡入神的过程，都由具体到抽象远离了人们的生产生活（龟除外）。而它们却具体寄寓折射了华夏民族的期盼：龙为对强大威猛的期盼，凤为对美丽高贵的期盼，麟为对吉祥如意的期盼，龟为对富贵长寿的期盼。这也是为什么人们取名通常取含有上述四灵意义的字的原因（即使以龟取名在唐代以前也有，如诗人陆龟蒙。龟的形象恶化甚至不堪是元以后的事）。

写于 2020 年 12 月 26 日

改于 2020 年 12 月 27 日

四川渠县汉阙之朱雀（戴连渠摄于渠县土溪镇）

龍旃陽陽

我龜既厭 カメ

鳳凰于飛

傳鳳凰靈
鳥，仁瑞也
雄曰鳳雌
曰凰

麟之趾

集傳麟麕身
牛尾馬蹄毛
蟲之長也

《诗经》 第一粉丝

　　说起《诗经》的粉丝，周人或者先秦之人众多，他们几乎有言必称诗书的习惯。这一方面是为了表明自己有知识有文化；另一方面也是为了让表达更有文采神韵，所谓"言之无文，行而不远"（当然，也有可能像钱锺书先生在《围城》中所讽刺的："好比牙缝里嵌的肉屑，表示他菜吃得好，此外全无用处。"）。其中，最大的粉丝无疑是孔子。

　　根据种种记载，可以想象：在孔子的眼中，《诗经》是一块浑金璞玉，永远散发着迷人的光泽；是一座储量丰富的矿山，可以源源不断地挖掘开采；是一处温润丰美的田原，可以让他回归、徜徉和流连，出走半生，归来仍是少年；是一位纯洁美丽的女神，可以让他的内心变得柔软细腻和丰满多情，让他不时抬头张望。所以他对《诗经》经常赞不绝口，经常信手拈来，甚至经常探讨其中的文句。

　　在孔老师眼中，《诗经》还是一本历久弥新的优质教科书，甚至是袖珍百科全书，可以润泽滋养一个个学子。他对《诗经》的功用给予极高评价，说"不学诗，无以言"，认为《诗经》对于训练人的语言表达有极好的作用：那不仅是运用时的"佐料"，而且是构成表达的内容，更重要的是训练人的思维和表达（因为《诗经》的赋、比、兴本身就是言语的表达范式，更何况其分寸尺度、喜乐怨怒拿捏得当，所谓"乐而不淫，哀而不伤"既是对《关雎》的评价，又何尝不是对《诗经》总体风格的定评），更指出"兴于诗，立于礼，成于乐"，将诗列为人成长教育奠基阶段的主要学习内容，即纳入古之所谓"小学"学习内容，也即"诗教"的内容。

数年前北京市某语文教科书编辑主张小学语文应删掉古诗词，并振振有词地说："这些诗词有什么用？"一切以现实的、直接的、明显的、立竿见影的效用为判断标准，这种极端现实主义已进入下一代的教育，让人欲骂无辞，欲哭无泪。让这样有"知识"的文盲，有"文化"的蠢材，有"思想"的白痴，有"见解"的"砖"家来编我们的教科书，岂不误人子弟！

诗词有什么用？其实孔子有一段话阐述得很清楚：

小子何莫学乎《诗》？《诗》可以兴，可以观，可以群，可以怨。迩之事父，远之事君。多识于鸟兽草木之名。（《论语·阳货》）

在这里，孔子提出了学诗的三重意义：一是"兴观群怨"。"兴者"，"引譬连类"（何晏《论语集解》引孔安国注），"感发意志"（朱熹《四书集注》），即用比兴的方法引发情感，生发情志，调动情绪；"观者"，"观风俗之盛衰"（《论语集解》引郑玄注），"考见得失"（朱熹《四书集注》），就是认识社会；"群者"，"群居相切磋"（《论语集解》引孔安国注）、"和而不流"（朱熹《四书集注》），就是更好地与人相交相处；"怨者"，"怨刺上政"

（《论语集解》引孔安国注），就是批评时政，不平则鸣。简言之，有利于提高人立身处世的综合素质。二是"迩之事父，远之事君"，就是有利于学习如何服务领导和长辈。三是"多识于鸟兽草木之名"，就是有利于更好地了解、认识大自然。

对比一下，两千多年前孔子对诗的认识，与北京市那位教科书编辑的眼界、境界、高度、深度，乃至于"三观"，真有天壤之别。也可以看出，我们的实用主义哲学已经发展到了登峰造极的地步啦！

前几天在手机上看到一则微信，把日本在新冠肺炎疫情期间的用语做了汇集：

日本捐湖北物资外包装文字："岂曰无衣，与子同裳""山川异域，风月同天"；捐大连物资外包装文字："青山一道同云雨，明月何曾是两乡"；捐辽宁物资外包装文字："辽河雪融，富山花开；同气连枝，共盼春来"。

这些美妙温馨、贴切感人的诗文真把我们震得一愣一愣的：这些说着"土豆到哪里去挖？土豆到郊区去挖""锅你洗了哇？碗你洗了哇"的日本人整得好喔！他们把我们的诗文（第三句除外）如此熟练精当地使用，让我们很感动也很感慨，很亲切也很陌生，很欣慰也很惭愧。化用韩愈老先生一句话是："诗教之不传也久矣！"

需指出的是，孔子在这里提出的"兴观群怨"是对《诗经》社会价值与社会功能的高度概括，是对诗的美学作用、社会作用、教育作用、认识作用的精当描述，是极为难得的真知灼见和远见卓识，同时他也开创了中国文学批评史的源头，对后世影响极大，也充分体现了他是《诗经》的真正知音。

　　此外，尤需指出，自汉代以来提出的儒家诗教，将诗教的最基本精神或作用概言之为"温柔敦厚"（《礼记·经解》），并以为这就是孔子的观点，其实是可商榷的。因为孔子认同诗"可以怨"，说明他并非认为诗歌只能唱赞歌只能你好我好大家好；因为孔子本人其实就是一个注重"君子不可以不弘毅"，注重"仁者必有勇"，注重"是可忍孰不可忍也"，在面对违仁悖义等原则问题时会条件反射般拍案而起的人；是一个不轻易妥协的、原则性极强的、知其不可为而为之的、有着"刑天舞干戚，猛志固常在"精神的可敬老头儿。所以，温柔敦厚绝不是孔子培养学生的诗教欲达成的唯一追求。因此，我赞成张国庆先生的观点：儒家诗教具有鲜明的汉代儒学性质。

　　正因为孔子是《诗经》真正的知音和超级粉丝，所以他一听到《诗经》，耳朵就尖起来，像听到天籁之音，一看到学生们在探讨《诗经》，他脸上的皱纹就荡漾开来，笑容就灿烂起来，甚至一起坐下来，"如切如磋，如琢如磨"地引导同学们开展小组讨论：同学们，刚才子夏同学说得真好！这种善于思考的精神对孔老师很有启发！大家要向他学习哟！（《论语·八佾》）

　　虽然举世滔滔，他的内心却自有一份安逸宁静；虽然满目污浊，他的天地却自有一块风烟俱净、纤尘不染的净土；虽然天下已是"知其不可为而为之"，像一艘江海中左支右绌即将沉没的大船，但他目光中天海的尽头却自有一处"天下为公，讲信修睦，选贤与能""黄发垂髫并怡然自乐"的王道乐土。这景象虽然遥远，却很真切；虽然从未见过，却异常鲜明；虽然他穷尽一生也不能到达，但那一定是人间的真实场景。这既是信仰浇灌的奇葩，也是《诗经》孕育的虹霓，还是他一生奔波求索一笔一画描摹的精美画面。由此可见，诗早已经种在他的心里，融进他的血脉里，长在他的骨肉里。"志于道，据于德，依于仁，游于艺"，靠着诗、礼、乐的丰厚营养，靠着他自身孜孜不倦地吮吸历史、天地、大道、仁德的乳汁，最终让他长成了中华文化、中国历史，乃至全人类的一株顶天立地的大树。

其实，孔子最让人惊奇的是他对《诗经》的总评价："《诗三百》，一言以蔽之，思无邪！"他认为《诗经》中的每一首诗都是干净美好的，《诗经》全书都是忠诚纯正的。单看这一句话似乎无足轻重，对比一下他徒子徒孙的认识，纵览一下他之后两千五百多年的中国历史，方可知道，他的这句"武断"的、精练的、一言九鼎的评论，何其高，何其大，何其重，何其精，何其美，何其妙！

为什么呢？因为《诗经》之后的中国古代文学，在"怨""刺"上面几乎都未敢像《诗经》一样该怨则怨，该刺则刺，而是"主文而谲谏"（《毛诗序》）。只敢小声嘀咕，不敢大声疾呼；只能低眉顺眼，不敢横眉怒目；只有遮遮掩掩，没有坦坦荡荡。因为深通社会人生、人性人情，以博爱悲悯之心看待人间万物的孔夫子说出"饮食男女，人之大欲存焉"，《孟子》中告子说"食色性也"之后，几千年就难再听到后世儒者讲这样的"人话"了；因为孔子的徒子徒孙们连诗中的爱情诗也不敢面对，而非要蒙着眼睛，指鹿为马地把一首首明显洋溢着生命活力、青春风采、爱情光芒、情感温度，甚至荷尔蒙气息的诗歌生拉硬扯解读成讽喻王公贵族之政的政治讽刺诗；因为孔子学术衣钵的传人们如程朱理学之士更是变本加厉，连正大光明、堂堂正正的爱情也不愿认同，直斥其非，直斥其乱，直斥其淫。如果没有孔子对《诗三百》的整体肯定、热烈推崇，《诗经》必然面临后世目光浅陋的儒者的口诛笔伐、千刀万剐，最后也许尸骨无存都有可能。想到这里不禁让人倒吸一口凉气并暗自庆幸。

《诗经》中当然也有个别反映当时婚恋风俗，自由欢会甚至野合的诗，这是特殊时代、特殊地域产物，犹如今之尚存的少数民族"跳月""走婚"等风俗，总体上是健康的，积极的，自在的，美善的。孔子在此体现出的明智、宽容、同情、博爱之心，顺应自然人性、真诚友善地知人论事，比之偏狭孤陋、情感发育不健全的理学之士和道学之徒不知高明多少倍。孔子心灵眼界胸襟的宽阔度、丰美度、和谐度、自由度、细腻度，对艺术与美的感知度、亲近度、敏感度不知比后世某些鼠目寸光，"两耳不闻窗外事、一心只读圣贤书"的徒子徒孙超过多少倍。一个古人，在同一件事上，比他的某些子孙后代更"解放思想、实事求是"，让人情何以堪！"一辈子很长，要跟有趣的人在一起"（王小波语），你看孔老师与他学生在一起的言谈举止，你看孔老师的待人接物，就知道这位至圣先师其实是一位可敬可亲的有趣的人，一位性情中人，一位优秀的人民教师。而后世那些腐儒甚至包括个别名气大得吓人的大儒则像一块冥顽不灵的石，生硬而枯燥，让人敬而远之。

我认为，呈现在我们面前的《诗经》，从形式上表现出规范、整饬、严谨的特征，表明它被历史上许多人端详审视、把玩摩挲、切磋琢磨，因而显得珠圆玉润。但它表现出的文化原生态、内容丰富性、思想尖锐度、表达文学化让后人惊叹。其创作者的自由性、收集者的开放性、编辑者的包容性、审查者的民主性、编订者的现代性让人不得不感佩。或许可以说，无孔子则无现在面貌的《诗经》。

孔子"退休后"直至逝世前的生活是富有诗意的。他自我述职说："吾自卫反鲁，然后乐正，《雅》《颂》各得其所"（《论语·子罕》），即在礼崩乐坏的背景下，做了一件重要基础性工作：正乐。《史记·孔子世家》留有如下"纪录片"：

> 古者，诗三千余篇，及至孔子，去其重，取可施于礼义，上采契、后稷，中述殷、周之盛，至幽、厉之缺，始于衽席，故曰：《关雎》之乱，以为《风》始，《鹿鸣》为《小雅》始，《文王》为《大雅》始，《清庙》为《颂》始。三百五篇，孔子皆弦歌之，以求合《韶》《武》《雅》《颂》之音。礼乐自此可得而述，以备王道，成六艺。

孔子把《诗》中的一首首诗歌拿出来翻晒、端详、比选、丈量、切割、摩挲、熨平。他一会儿站着走来走去念念有词，一会儿坐着乜斜眼睛翻动着竹简上的诗句，一会儿又偎在琴弦旁弹奏。有时候读到会心处，他甚至拈着髭须呵呵笑出声来，大声吟唱起来，手舞足蹈起来。"嗯，这个诗句不大合拍，要改一改""这个音太高了，要调一调"。实际上，他的退休生活就是在这种终日配乐诗朗诵中度过的。这是一个人的交响乐，一个人的演奏会，也是前无古人、后无来者的行为艺术，更是一个人与天地的深情对话。诗、礼、乐在这里交融幻化出一幅幅美轮美奂的画图，天、地、人在这里构成一幅和谐圆融的境界，孔子在这里像息壤一样不断生长。多亏有孔子的悉心整理，多亏有孔子的慧眼识珠，多亏有孔子的明智包容，才留下了这一颗颗璀璨的明珠。想一想，朱熹等人对《诗经》中许多诗骂骂咧咧就后怕，如果让他们来搞，恐怕删得只会留下《颂》了。

　　这时候天下更乱了，孔子的心却更安稳了，他要在乱中把这些文化遗产捋一捋，然后整理打包传给后人；社会更喧嚣了，他的心却更静了，他要在喧嚣中把那些天籁之音捡拾起来，让后人能够触摸到先人的脉搏、心律跳动；天光更暗了，他的心却更明亮了，他要在太阳落山之前把手中的活做完，以让自己在黑夜中能睡得更安稳。所以他有紧迫感、危机感，也很自在、很从容、很享受、很欣然、很圆融。所以，当大限来临，他临终的遗言也是一首美妙的诗：

　　太山坏乎！

　　梁柱摧乎！

　　哲人萎乎！

　　此诗虽极简短，却深得《诗经》意旨：融赋、比、兴于一体，具《风》《雅》《颂》之魂。这里面当然有悲伤，也有节制；这里面当然有不甘，也有认命；这里面当然有遗憾，也有自足。说（唱）完，闭上双眼，溘然长辞。

　　从此华夏大地少了一个孔夫子，世间却隆起了一座"高山仰止，景行行止"的文化高峰。少了一个踽踽独行的传道者，却燃起了很多闪烁跳跃的火炬。

　　　　　　　　　　　　　　　　写于 2020 年 7 月 11 日至 12 日

　　　　　　　　　　　　　　　　改于 2020 年 7 月 18 日至 19 日

菁菁者莪 テウセンギク

傳莪蘿蒿也〇陸疏莪蒿也一名蘿蒿生澤田漸洳之處葉似邪蒿而細科生按蘿蒿今人呼爲朝鮮菊葉似青蒿而細又似胡蘿蔔葉四月開白花類茼蒿蔞莪我所謂匪莪伊蒿蓋以相似而起興也蒿即青蒿

打量《诗经》

　　闻一多先生曾经说过，大约两千五百年前，人类四大文明同时开始了歌唱。流沙河先生也承袭了这个观点，并指出：希腊和印度的歌唱是英雄史诗，中国和小亚细亚的歌唱是抒情诗（见《流沙河讲诗经》）。事实上，《诗经》的歌唱曾经深深地浸润过华夏政治、历史、文化、社会、大地，及子民，并让这一切变得更温厚淳和。这种歌唱至今仍在大地上隐隐约约响起，如果走近这种歌唱，你会发现，《诗经》飘飞的音符像阳光下一只只蝴蝶，安静灵动地翕张着彩色的翅膀，闪耀着令人心动的光芒。

　　《诗经》中有现代诗歌惯常使用的象征和意识流手法，因此，这部古代作品堪称现代派诗歌之滥觞。

　　意识流之作并非实有之境，而是想象之境，是"绵绵不断如春水"般的情意，是翻涌变化不断如云海般的念想，是超时间性、超空间性的思绪之流。其意象之具切，情境之真实，描摹之精微，诗意之美妙，往往让人真假莫辨。《诗经》中运用意识流手法的随处可见，如著名的《蒹葭》《汉广》，叙写爱情中那种上下寻觅之苦、求之不得之哀、相思成疾之痛，十分哀婉动人，是《诗经》中的明珠。此外，《卷耳》一诗尤值一提：

采采卷耳，不盈顷筐。嗟我怀人，置彼周行。

陟彼崔嵬，我马虺隤。我姑酌彼金罍，维以不永怀。

陟彼高冈，我马玄黄。我姑酌彼兕觥，维以不永伤。

陟彼砠矣，我马瘏矣。我仆痡矣，云何吁矣。

千百年来，许多人都认为诗中写的是妇人在家劳作思夫和男人在外思家。其实在我看来，这是不懂诗歌者的判断。该诗应是妇人之想象：想象自己劳作思夫，想象丈夫在外奔波思念家乡，想念丈夫返回家乡行路之难。正如明代学者沈守正的意见："通章采卷耳以下都非实事，所以谓思之变境也。一室之中，无端而采物，忽焉而登高，忽焉而饮酒，忽焉而马病，忽焉而仆痛，俱意中妄成之，旋妄灭之，缭绕纷纭，息之弥以繁，夺之弥以生，光景卒之，念息而叹曰，'云何吁矣。'可见，怀人之思自真，而境之所设皆假也。"其论深得诗文之旨，这才是《卷耳》的千年难遇的真知音，这才是真正懂文学艺术创作规律的人。因此，这篇并不十分出名的《卷耳》是《诗经》中一篇高水准的、经典的意识流之作，也是中国最早的意识流作品。

当然，如考虑到民歌的特点，考虑到全诗四章的口吻，分别以女主人公之口和男主人公之口来述说，有情歌对唱之风，即是两个人的相互思念也说得通。（比如二十世纪八十年代著名的歌曲《十五的月亮》："十五的月亮，照在家乡照在边关，宁静的夜晚你也思念我也思念，你孝敬父母任劳任怨，我献身祖国不惜流血汗……"）则此诗创作者为"第三者"。但其思维的跳跃、主体的变化、时空的转化，也仍然体现了意识流创作的特点。顺便说一句，美轮美奂、亦真亦幻，有"孤篇压全唐"之称的《春江花月夜》也应该是古代文学中非常典型的意识流之作：

> 春江潮水连海平，海上明月共潮生。
>
> 滟滟随波千万里，何处春江无月明！
>
> …………
>
> 江畔何人初见月？江月何年初照人？
>
> 人生代代无穷已，江月年年只相似。
>
> …………
>
> 谁家今夜扁舟子？何处相思明月楼？
>
> 可怜楼上月徘徊，应照离人妆镜台。
>
> …………
>
> 此时相望不相闻，愿逐月华流照君。
>
> 鸿雁长飞光不度，鱼龙潜跃水成文。
>
> …………
>
> 斜月沉沉藏海雾，碣石潇湘无限路。
>
> 不知乘月几人归，落月摇情满江树。

——张若虚《春江花月夜》

就象征手法而言，《诗经》中随处可见的"兴"的手法具有鲜明的象征意义。这种"先言他物，以引起所咏之事"并非在"顾左右而言他"，可视为"托事于物"。如"关关雎鸠"，有象征爱情忠诚之意（传说中雎鸠忠于爱侣）；"桃之夭夭"，有象征新婚火红生活之意；"蒹葭苍苍"，有象征凄凉彷徨心绪之意；"绿竹青青"，有象征君子美德之意。不一而足。

在情感表达上，《诗经》含蓄内敛、柔情似水（虽然《诗经》中的《褰裳》《溱洧》等也有大胆直白之表达，但那是个例，不是总体面貌）。

《诗经》中的称谓总体稳重、平实、理性，如"子""君子""伯""仲子""吉士""良人""予美"等称谓。"子"为不咸不淡、不温不火的"你"，"君子"为对有才德之人的通称，"吉士"为美称，"伯""仲子"实为排行（可分别译为：老大、老二），"良人"为好人，"予美"为"我的美人"，"狡童""狂童"为调笑责骂之语，可译为当代的"混小子"。除郑卫之音里有不拘一格、大胆热辣的"狡童""狂童"称谓之外，其余称谓都是彬彬有礼或中规中矩的，大有后来所倡的夫妻举案齐眉、相敬如宾之风。

与这种称谓相一致的是，《诗经》多自言自语：

青青子衿，悠悠我心。纵我不往，子宁不嗣音？

青青子佩，悠悠我思。纵我不往，子宁不来？

挑兮达兮，在城阙兮。一日不见，如三月兮。

——《子衿》

月出皎兮，佼人僚兮。舒窈纠兮，劳心悄兮。

月出皓兮，佼人懰兮。舒懮受兮，劳心慅兮。

月出照兮，佼人燎兮。舒夭绍兮，劳心惨兮。

——《月出》

《诗经》这种自言自语、窃窃私语而非高声朗语，欢声笑语的表达既是《诗经》也是后来中国古代诗歌表达的主流。仅有少数例外，如《上邪》《胡笳十八拍》，屈原、李白的某些诗，以及宋代豪放派的某些诗，现代的毛泽东诗词，等。试看：

上邪，我欲与君相知，长命无绝衰。山无陵，江水为竭，冬雷震震，夏雨雪，天地合，乃敢与君绝！

——《上邪》

为天有眼兮，何不见我独漂流？为神有灵兮，何事处我天南海北头？我不负天兮，天何配我殊匹？我不负神兮，神何殛我越荒州？

——蔡文姬《胡笳十八拍》

君不见，黄河之水天上来，奔流到海不复回！君不见，高堂明镜悲白发，朝如青丝暮成雪！……五花马，千金裘，呼儿将出换美酒，与尔同销万古愁。

——李白《将进酒》

魂兮归来！去君之恒干，何为四方些？舍君之乐处，而离彼不祥些。

魂兮归来！东方不可以托些。长人千仞，惟魂是索些。十日代出，流金铄石些。彼皆习之，魂往必释些。归来兮！不可以托些。

魂兮归来！南方不可以止些。

…………

魂兮归来！西方之害，流沙千里些。

…………

魂兮归来！北方不可以止些。

——屈原《招魂》

尽挹西江，细斟北斗，万象为宾客。

——张孝祥《念奴娇·过洞庭》

我失骄杨君失柳，杨柳轻飏直上重霄九。问讯吴刚何所有，吴刚捧出桂花酒。寂寞嫦娥舒广袖，万里长空且为忠魂舞。忽报人间曾伏虎，泪飞顿作倾盆雨。

——毛泽东《蝶恋花·答李淑一》

这些诗歌呼唤呼告、直抒胸臆；呼风唤雨、随心所欲；山南海北、自由来去；上天入地、神游八极。闪烁着浪漫主义的风采魅力。

而《诗经》则并不如此。你看《野有死麕》中那位少女，明明心里面十分渴望爱情，并与"吉士"两相情愿、两情相悦，但在二人的亲近中，却"欲迎还拒"，顾虑重重，又要对方举止不要太鲁莽，又要对方不能动她的围裙，又要对方不要惊动周边的黄狗叫唤。体现了东方少女的娇羞、矜持，对爱情既渴求又羞怯的心态。《将仲子》里的少女则更加谨小慎微，想爱而不敢爱，明明"仲可怀也"，心里装满了小二哥，但情人翻墙爬树过来见她，却让她担惊受怕、忧心忡忡，因为她"畏我父母""畏我诸兄""畏人之多言"。在面对意中人的追求当中，在面对自己的爱情中，她没有大胆面对、积极追求的勇气。

而在意境、诗艺与著名的《蒹葭》类似的《汉广》一诗则如此写道：

南有乔木，不可休思；汉有游女，不可求思。汉之广矣，不可泳思；江之永矣，不可方思。

翘翘错薪，言刈其楚；之子于归，言秣其马。汉之广矣，不可泳思；江之永矣，不可方思。

翘翘错薪，言刈其蒌；之子于归，言秣其驹。汉之广矣，不可泳思；江之永矣，不可方思。

面对自己日夜思念、割舍不下的意中人，这个痴情汉没有主动出击、没有千方百计克服艰难险阻去表达，去追求，去展示，去争取，而是一味强调客观条件：江水太宽（不可泳思），渡河太难（不可方思），对方条件太好或许是"白富美"高攀不上（不可求思），只能在心里面祈求上苍表达意愿：如果她肯嫁给我，喂饱马儿去接她。让我们后人看了也为他扼腕叹息：你把自己看成了"癞蛤蟆想吃天鹅肉"，一点自信都没有。成不成总应该去试试嘛，万一狗屎运气来了呢！而另一首同样写得很美的《泽陂》中的恋人则更可怜：

彼泽之陂，有蒲与荷。有美一人，伤如之何？寤寐无为，涕泗滂沱。

彼泽之陂，有蒲与蕳。有美一人，硕大且卷。寤寐无为，中心悁悁。

彼泽之陂，有蒲菡萏。有美一人，硕大且俨。寤寐无为，辗转伏枕。

我将其第一节翻译为："在那湖泊堤岸边，蒲草荷花两相妍。走来一个俏佳人，我该拿她怎么办？日思夜想难入睡，涕泪流满枕席间。"

因为古人眼中的美男美女都以高大健硕为美，且美人可指男子（《诗经》中多处可见。如"西方美人"，指男子；"硕人欣欣"，指女子），故此诗主人公既可能是男的，也可能是女的。如果是女子，可以理解：女人是水做的骨肉嘛！如果是男子，那就有点可怜了，男儿有泪不轻弹，大胆去追求就是了嘛，何必哭兮兮的呢！如果不是《诗经》中还有"琴瑟友之""钟鼓乐之""吉士诱之"等表明男子主动作为追求爱情之语，那我们真得批评一下老祖宗：先人们哪，你们在爱情上简直是"衣来伸手、饭来张口"，也太被动消极了嘛！

当然，从文学上来说，这种求之不得、欲罢不能的忧伤比那种天遂人愿、心想事成的得意，往往要深切得多、美妙得多、动人得多，在文学史册中的姿影也耀眼得多。

《诗经》中，精雕细刻描写人体美的佳作首推此诗：

手如柔荑，肤如凝脂，领如蝤蛴，齿如瓠犀，螓首蛾眉，巧笑倩兮，美目盼兮。

——《诗经·硕人》

真是形神兼备，但通观整部《诗经》，也只见这种类似工笔画一般地对五官、仪容、风姿的描写，却无一处对隐私部位的描写，即使在涉及性行为的描述上，也回避了对肉体的描述。就是说，《诗经》中的此类描写是点到即止，含蓄的甚至是隐晦的，体现了孔子主张的"乐而不淫"和"发乎情止乎礼"：那对在野外邂逅相遇、一见钟情的恋人，最后两情相悦，实现灵肉交融，但在文字上也只写到了"邂逅相遇，与子偕臧"（《野有蔓草》），写到两人在我们眼皮子底下藏猫猫就打住了，真正的点到即止，与贾平凹先生写《废都》一样不知省略了多少文字，呵呵。

与此类似，包括成为成语"桑间濮上"的《桑中》，也只是点到了"期我乎桑中，要我乎上宫，送我乎淇之上矣"。

动作幅度比较大的可能仅有《丘中有麻》了：

丘中有麻，彼留子嗟。彼留子嗟，将其来施施。

丘中有麦，彼留子国。彼留子国，将其来食。

丘中有李，彼留之子。彼留之子，贻我佩玖。

因为，这里的"施""食"都是男女交合之隐喻或者隐语："将其来施施""将其来食"都是邀约对方到麻田、麦地、李下，做"羞羞之事"（"将"者，"请"也，表现的还是"女追男"）。当然，诗中最后也反映出，这一对并非追求一夜情的野鸳鸯，而是真心相爱的负责任的恋人，是可以依靠的，因为男子最后还满怀爱意、情真意切地"贻我佩玖"，这无疑是定情的信物，是郑重的表态，是庄严的承诺。需要指出的是，那时野合是人类青少年时的一种正常现象。须知，连孔子这样苗正根红的顶级圣人，也是父母野合的产物呢——《史记》中清清楚楚地写着："纥与颜氏女野合而生孔子"，这说明野合是当时的"公序良俗"，即婚恋制度所允之事。

以大胆直白、全面细致描写性事而论，唐代白行简的《天地阴阳相交大乐赋》、兰陵笑笑生的《金瓶梅》，甚至《查特莱夫人的情人》《十日谈》等也算得上"榜上有名"，但它们毕竟都不是诗，而如下一些涉及性事的诗歌，在中国文学史上已经被定性为淫诗了：

碧玉破瓜时，相为情颠倒。

感郎不羞赧，回身就郎抱。

—— **《碧玉歌》**

开窗秋月光，灭烛解罗裳。

含笑帷幌里，举体兰蕙香。

—— **《子夜四时歌》**

宿昔不梳头，丝发被两肩。

婉伸郎膝下，何处不可怜。

—— **《子夜歌》**

托买吴绫束，何须问短长？

妾身君惯抱，尺寸细思量。

—— **《古乐府》**

其实，这是多么正常的情人间的亲昵之举，或打情骂俏或点到即止的鱼水之欢，哪里是什么淫诗！那些神经兮兮的腐儒们，甚至连李清照"轻解罗裳，独上兰舟"这样的句子也忍受不了，非议不止，当然不能接受这种涉及性行为的描述。就是下面两首被称为香艳淫词的帝王之作，也不过是描写情人幽会或鱼水之欢的作品而已：

花明月暗笼轻雾，今宵好向郎边去。刬袜步香阶，手提金缕鞋。画堂南畔见，一向偎人颤。奴为出来难，教君恣意怜。

——李煜《菩萨蛮》

浅酒人前共，软玉灯边拥。回眸入抱总合情，痛痛痛，轻把郎推，渐闻声颤，微惊红涌。试与更番纵，全没些儿缝。这回风味成颠狂，动动动，臂儿相兜，唇儿相凑，舌儿相弄。

——《醉春风》（相传为宋徽宗写李师师）

宋徽宗这位不务正业的老兄虽然在本职工作上干得拉稀摆带，在文学艺术上却造诣精深。就是这首"黄色歌词"，我看也写得有一定水准（不过是否真为这位风流天子之作，大可存疑）。

但与外国一些古代诗歌比起来，也是"生态环保绿色无公害"啦。著名斯洛伐克学者、汉学家马立安·高利克明确指出："在《诗经》中，没有美索不达米亚文学或埃及文学中婚庆歌的色情与爱欲以及随后的诗歌形式。"他甚至举了令人瞠目结舌的美索不达米亚情歌与《诗经》做对比：

她的红唇像她的阴户一样甜美。

她的阴户像她的红唇一样甜蜜。

而另一首苏美尔诗歌《伊南娜赞歌》同样有大胆直白地呼唤爱人和性爱：

谁来耕种我的阴门？

　　谁来耕种我的高地？

　　谁来耕种我的润土？

　　这种赤裸裸的表达简直让人脸红心跳："额滴个神哪！（伊南娜本就是苏美尔人心中的女神）羞死人哪！"

　　《诗经》用语极其简洁，以四字句式为主，杂以五言、六言、七言等，文字之简达到了至简、至朴、至纯、至洁的地步，多以重章叠咏方式，完成全篇。无论其是两章、三章乃至更多，常常只是在时间、地点、人物、事件上略为改动。因此看似几个章节的诗，实际上几乎读第一章就差不多了。（当然，从思想情感的表达、递进、叠加、升华来看，其后章节也是必要的。）之所以如此，我认为是因为《诗经》是歌谣体，就是山歌、民歌，以独唱为绝对主体，叙写描摹几乎到了极简地步。试看《诗经》中的几首诗就一目了然了：

　　桃之夭夭，灼灼其华。之子于归，宜其室家。

　　桃之夭夭，有蕡其实。之子于归，宜其家室。

　　桃之夭夭，其叶蓁蓁。之子于归，宜其家人。

——《诗经·桃夭》

　　野有蔓草，零露漙兮。有美一人，清扬婉兮。邂逅相遇，适我愿兮。

　　野有蔓草，零露瀼瀼。有美一人，婉如清扬。邂逅相遇，与子偕臧。

——《诗经·野有蔓草》

　　彼采葛兮，一日不见，如三月兮！

　　彼采萧兮，一日不见，如三秋兮！

彼采艾兮，一日不见，如三岁兮！

——《诗经·采葛》

彼狡童兮，不与我言兮。维子之故，使我不能餐兮！

彼狡童兮，不与我食兮。维子之故，使我不能息兮！

——《诗经·狡童》

《诗经》折射出很多社会信息，合起来看更是内容丰富。例如反映父母之命（如《柏舟》），劳役之苦（如《君子于役》），战争之痛（如《伯兮》），女人之悲（如《氓》《谷风》），婚恋之俗（如《溱洧》），时政之乱（如《荡》《抑》）。总之，这个爱情的多棱镜，也折射出社会的诸多面貌。

整体看来，它们是明丽婉转的中国民乐合奏，是千万条溪水奔流，是一座座峭拔的山峰，是一串串璀璨的珍珠。《诗经》反映和影响社会生活的广度、高度、深度、深刻度令人赞叹。其认识价值、研究价值、学术价值、社会价值也令人惊喜。

《诗经》反映出华夏民族以农为本的生活方式，折射出华夏民族沉稳内敛的民族性格，体现的是华夏农耕礼乐文化并通过其后儒家学者的增删改易而体现了儒家社会理想。

《诗经》是古代诗歌的一座高峰，让后人"高山仰止，景行行止"，并以它的光芒、源泉、风物、营养和精神，照耀、润泽、滋养、哺育了后代文学。即使两千多年之后回望它，依然巍然屹立，光彩夺目。

写于 2020 年 8 月 29 日至 30 日

改于 2020 年 9 月 5 日至 6 日

再改于 2021 年 4 月 15 日晚

言采其莫

傳莫菜也集傳似[二]
柳葉厚而長[ク]有[二]毛[一]
乑可[ク]為[レ]羹○未[レ]詳

言采其薇　スギナ

傳薇水舄也集傳葉如車
前草○集傳依陸璣以為
澤寫鄭夾漈云薇狀似麻
黄亦謂之續斷其節揲可
復續生沙阪稻氏云今俗
呼杉菜是也

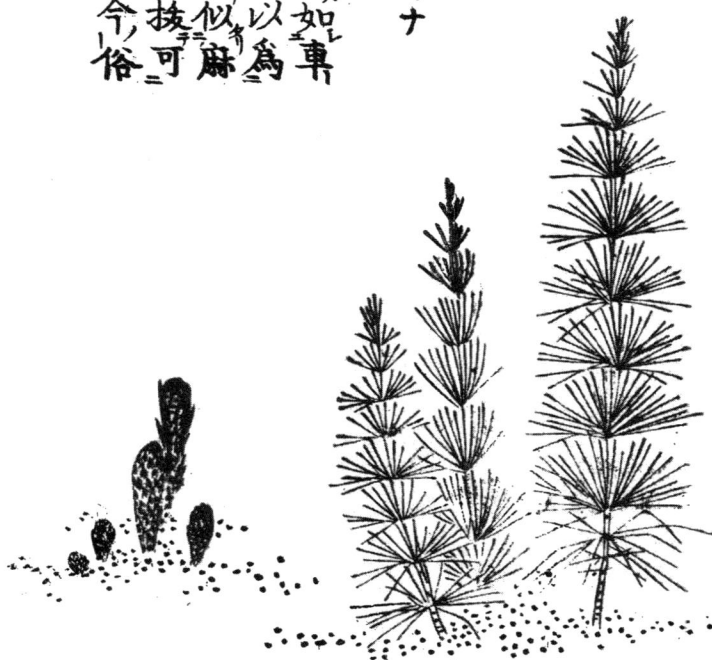

日本《诗经》亦多姿

青少年时代是爱歌爱诗的时代，对于男生来说还是爱收集美女图片的时代。那是一个见了流行歌曲就想学唱，见了好诗就想抄录，见了美女图片就想收入"后宫"的时代。至今记得这样几首日本小诗：

雎鸠在海滨，
大海茫茫波涛涌，
拍岸浪纷纷，
不知你亦往何方，
我的心上人。

飞落雎鸠鸟，
深深海底长海藻，
海藻名"莫名"，
阿哥芳名决不讲，
母父虽知晓。

睢鸠在洲畔，

洲畔有条离岸船，

桨起船去远，

心上人儿可在船，

日后难相见。

面对挥手自兹去，一别两茫茫的人世，面对茫茫大海波诡云谲前路未可知晓的远方，一对即将分别的恋人心中多么迷惘和痛苦，连海鸟也在周围盘旋，悲鸣不已、徘徊不去，为他们忧伤。这些小诗是读初中时在一本书中偶然见到，而且从介绍这些小诗的文章得知，这些来自有"日本《诗经》"之称的日本文学名著《万叶集》。不得不佩服青少年时期的记忆力，这些当时惊喜相见的小诗就留在了脑海里。偶尔想起，新鲜如初见。更重要的或许是这些单纯清新、情深意长的小诗对青春期中正在潜滋暗长着爱情念想和向往的雍也有一种抚慰作用吧。当然，对这些小诗爱不释手或许还有一个原因，那就是随着旋律优美、情感深厚的《北国之春》和反映日本妇女悲惨命运的《望乡》、追求真爱无怨无悔的《追捕》等文艺作品在中国的传播，谦恭有礼、温柔似水、美丽多情的日本女性在一个少年的心中树立起了美好形象。这个美好形象徐志摩先生有一句诗极其传神，相当于做了鉴定性结论：

最是那一低头的温柔，

像一朵水莲花不胜凉风的娇羞。

正如一个笑话讲不同国家的女同志在新婚之夜对丈夫讲的话大异其趣，也显示出了日本女性的独特"竞争优势"：

美国女人："太棒了！太爽了！"

法国女人："春宵一刻值千金，亲爱的，你感觉如何？"

中国女人："从今天开始，我就是你的人了！"

日本女人（含羞鞠躬后小声说）："先生，有服侍得不周到的地方，请多包涵！"

这真是温柔也是力量啊！

（当然，笔者并不认同女性应该"服侍"男性，也并无美国女性、法国女性、中国女性不如日本女性的意思。）

这种情状在"日本《诗经》"中是俯拾皆是的。

在我的观察中，《万叶集》中优秀情诗的表达有如下特征：取材日常细微，篇幅短小精致，文辞优美明丽，表达细腻深挚。试看以下小诗：

思我心良人，

恋我伟丈夫。

今君多感叹，

我发亦湿污。

这与《诗经·小雅·采绿》之"予发曲局，薄言归沐"和《诗经·卫风·伯兮》"自伯之东，首如飞蓬"是多么接近：思念心上人，无心自妆扮。但它还细一层：有心灵感应——你念一声阿妹，我的发丝就湿一层。

又如：

妹念我如何，憔悴秋日芜。

山乎为我夷，俾望妹在户。

（节选自《柿本人麻吕从石见国别妻上来时歌二首并短歌》）

　　阿妹因为思念我，憔悴委顿像秋天的草木一般。遮住我视线的高山啊，快快给我趴下，我要看见正在家园里望穿秋水的阿妹的容颜。这真是思念入骨感天动地。

　　再如：

暮去朝来中，

魂魄与君同。

恋此频繁念，

痛彻我心胸。

亦情深意挚之作也。

再看如下几首：

君行是长路，如席卷成团，

愿有天来火，焚烧此席完。

相见须臾别，暂时慰我情，

后来愈想念，恋竟似潮生。

东风吹白浪，来打奈吴湾，

好似千重迭，恋情永往还。

人可恋而死，恋情则永生，

相思相恋日，杜宇总来鸣。

白日当空照，永恒不变形，

　　天空无日照，我恋始能停。

　　与妹难相见，相思入梦魂，
　　昼长春日永，相念到黄昏。

　　横野成春野，蔓延紫草根，
　　莺鸣长不断，念念是君恩。

　　一瓣樱花里，千言万语难，
　　赠君君记取，莫作等闲看。

　　山上徘徊月，出山犹有时，
　　待君今夜久，更漏已嫌迟。

　　真是比喻新奇，小巧玲珑，别有风味，令人爱不释手。那一颦一蹙之思，一举一动之念，让人爱怜。

　　《万叶集》是日本最古老，数量最多（总计 4500 余首）的诗歌总集，主要收录了日本 7 至 8 世纪中叶的歌谣与诗歌。分为杂歌，相闻歌与挽歌三大板块，主要为大伴家持编纂。与日本汉诗集《怀风藻》并称为"奈良文学的双璧"，更被广泛地视为"日本《诗经》"。

　　它内容丰富多彩：崇神尊君，怀乡爱土，恋士思女，吊民伤民。它体裁丰富多彩：长歌，短歌，旋头歌，佛足石歌，连歌等。它表达丰富多彩：或直抒胸臆，或半遮半掩，或合沙射影，或含蓄委婉。

日本《诗经》与中国《诗经》一样，都具有现实主义精神，都广泛运用比兴手法，甚至部分语汇意象都与《诗经》一样。如：

夏日忙刈麻，

烟波浩莽海上郡，

在那大海滨，

绿竹如篑百鸟鸣，

喊妹妹不应。

（卷七，《羁旅作歌》）

"绿竹如篑"直接取自《卫风·淇奥》："瞻彼淇奥，绿竹如篑。"

再如卷十二《悲别歌》：

阿哥你不在，

你去京城人在外，

谁来解衣带？

让我来解懒得解，

没精又打采。

其原文为：

京师边，君者去之乎。

孰解乎？

言经绪兮，结乎纚毛。

心上人远去后百无聊赖的情态与《卫风·伯兮》如出一辙。而且作者把"吾"写作"言"恰好是《诗经》惯常用法。

再如对雎鸠、棠棣、葛藤等意象的取用都表明了《万叶集》对《诗经》的借鉴。

　　此外特别值得一提的是曾做过遣唐少录（遣唐使随员）的著名诗人山上忆良的《贫穷问答歌》：

朔风乱夜雨，夜雨杂雪飞，
何以御此寒，舐盐啜糟醅，
气冷冲喉咳，涕出鼻嘘唏，
疏髯扪自许，舍我更复谁，
意则虽亦强，凌寒终莫排，
引我麻布被，着我祸裆衣，
尽袭吾所有，夜犹逞斯威，
视我更贫者，若何其苦凄，
父母忍肤冻，妻子相啼饥，
其如此时何，尔生何以维。
天地虽云广，胡独为我小，
日月虽云明，胡独不我照，
岂其人皆然，抑我独不平，
适亦生为人，视人初无少，
祸裆乃无绵，乱垂如海藻，
褴褛自肩悬，曲伏庐中老，
即茨土泥上，草草席禾藁，
枕边坐父母，妻孥傍足绕，
围居莫知措，相对但苦恼，
灶绝烟火气，甑为蛛丝罩，
久疏忘炊术，中鸣如夜鸟，
已短犹欲剪，谚悯无可告，

执笞里长来，逼叱声咆哮，

曾是不相恤，胡然世人道。

反歌

亦知人生世，无非忧与羞；

所恨不为鸟，何当飞去休。（以上是钱稻孙译）

其描写穷苦文士和农夫家徒四壁、饥寒交迫的惨状，以及对天地的控诉与《诗经》的忧愤怨刺之作一脉相承。其诗风情感颇似与人民同呼吸、共命运的杜甫。《万叶集》翻译家钱稻孙指出"这是描写社会的唯一名篇，有人重视为和歌史上的珍宝"。其中一些文句在《诗经》里找得到相应的描述。如"灶绝烟火气，甑为蛛丝罩"与《豳风·东山》中的"伊威在室，蟏蛸在户"相近。而其质问："天地虽云广，胡独为我小，日月虽云明，胡独不我照。"与"谓天盖高，不敢不局。谓地盖厚，不敢不蹐"（《小雅·正月》）非常接近。其意犹未尽的结尾"所恨不为鸟，何当飞去休"也与《邶风·柏舟》中的"静言思之，不能奋飞"相类。对此，日本学者白川静也明确指出："此歌与忆良的其他作品类似，是取中国文学中的素材创作而成的。"

当然，对《万叶集》影响最大的不是《诗经》而是六朝诗歌和唐诗（近代江户诗人大沼枕山甚至有"一种风流吾最爱，南朝人物晚唐诗"之言）。因为日本在近江朝以后从制度、文化，甚至服饰等方面"全盘唐化"，甚至汉诗成了官方文学。

需要指出的是，虽然《万叶集》作品晚于《诗经》很多，题材来源广泛很多，作品数量多出很多，但我认为，就作品反映社会生活的广度与深度、作品成熟的程度与精度、作品对其他国家与民族的影响而言，《万叶集》是不能和《诗经》相提并论的。

写于 2020 年 11 月 14 日至 15 日

改于 2020 年 11 月 21 日至 22 日

四川渠县汉阙之玄武（戴连渠摄于渠县土溪镇）

汎彼柏舟ヒノキ

傳柏木所以宜爲舟也○羣芳譜柏一名椈樹聳直皮薄
肌膩三月開細瑣花結實成毬狀如小鈴多辦九月熟霜
後辦裂中有子大如麥芬香可慶種類非一入藥惟取葉
扁而側生者名側柏此方柏亦多種類扁柏爲貴園林多
植之

结缘《诗经》

　　小时候和母亲一起到外婆家，就像到了乐园。满院子的小孩，像鸡鸭猫狗一样，一会儿跑上跑下、窜来窜去，一会儿打打闹闹、哭哭笑笑。已经老大不小的二舅舅还与我们小孩子一样疯来疯去。这时候外婆就会笑着对妈妈说："你看这个老二哟！简直是个豁豁嗨（无忧无虑、没心没肺的意思），都要结婆娘了，还这样整天优哉游哉，唱歌哩啦，跳兮打兮的！"

　　二舅与三舅都是铁匠，三舅是老幺，性格反而沉着老练，打铁就打铁，从早打到黑。二舅却不，他会一边打铁，一边与周边的人说笑，摆龙门阵，或咿咿呀呀唱个不停。生活如此困苦贫寒，他却整天很快活，仿佛随时都有喜事发生。二舅已去世多年，但这种"唱歌哩啦，跳兮打兮"的"豁豁嗨"形象以及这句像弹珠一样的语言却一直在我们头脑中活蹦乱跳着。

　　后来才发觉，外婆这个女人不寻常：不仅一世勤劳，独撑一大家子过得井井有条，而且善交流，明事理，性刚强。现在回想起来，这个未读一天书、未识一字的农村妇女口中冒出的许多语言竟是《三字经》《增广贤文》甚至《诗经》用语！"悠哉游哉"，出自诗经《关雎》或《采菽》，"跳兮打兮"，我认为它源自《子衿》"挑兮达兮"。这种转化的例子从至今仍在广泛使用的"逃之夭夭"（原为"桃之夭夭"）、投桃报李、（原为"投我以桃，报之以李"）"宴尔新婚"（原为"宴尔新昏"）等语中仍可见其端倪。这些典雅的书面语被老百姓信手拈来化而用之，显得妥妥帖帖而又妙趣横生。这也说明，诗教在中国像孔孟之道一样曾经化为百姓日用而不自知。现在回想起来，外婆笑骂舅舅的语言或许是我接触到的最早的《诗经》语言。

由于重视教育的父亲教我识字读书很早（大约五岁开始甚至更早），使我从小养成了见书就读的习惯，到初中时更是变本加厉走火入魔，无论什么书，逮到就不丢手，到了"见了书就像饥饿的人扑在面包上一样"（高尔基语）。甚至将幺爸订阅的所有书报杂志，从《语文报》《红岩少年报》《中国青年》到《妇女生活》（即后来的《知音》）等都一篇不漏地看完。其中的《妇女生活》更是从人物专访到情爱故事到读者信箱到性生活指南都全部阅读，而且往往是幺爸都还来不及看的情况下，我早已悄悄地在他未回家之前，在做作业间隙，在睡觉前将其一篇篇如饥似渴地看完。或许这些杂志不仅潜移默化地影响过我，包括我后来的婚姻，甚至在当时似乎就比我幺爸看了的效果还好：一次，幺爸因琐事向我抱怨幺妈的不是，我则有理有据地劝幺爸设身处地地站在幺妈角度思考问题，从改变自身思维方式、行为方式赢得幺妈的理解支持和改变。听得这个优秀教师频频点头，最后像看外星人一样把面前这个青少年看了半天。那眼神分明是嘉许："你个小娃儿，还懂得挺多呢！"他哪里知道，其中就有《妇女生活》这个婚姻生活指导的功劳呢！

也正是在《妇女生活》上，我第一次比较集中地了解阅读了《诗经》中的爱情诗。当时《妇女生活》上开了一个栏目，大约为《古代诗词中的爱情诗》。在这里，我看到了在春光烂漫的时节，艳若桃李的姑娘在亲友的怜爱的迎送与深情的祝福中踏上了新生活之旅，她像枝头含笑的桃花一样，摇曳着娇羞，闪耀着快乐，荡漾着幸福，孕育着希望，亲友们祝福的话语歌谣像花瓣一样撒满她的全身，辉映着她鲜艳美丽的衣裙。让我不禁产生了对婚姻的遐想和期待。在这里，我也读到了青年男女两情相悦、一见钟情、私定终身，甚至偷尝禁果，我甚至看到了他们在相互看到对方一刹那时两眼像彗星一样突然放射的光芒，听到了他们相互靠近时沙沙的脚步声和相拥时激动的心跳，以及两个身影重叠时幻化的虹霓。这种纯洁纯粹的爱情不禁令人向往。在这里还读到了少女在爱情受到母亲阻挠时发出的呐喊，那个留着齐耳短发在姑娘面前可能还要装酷的甩一甩头发的帅小伙子不仅在姑娘的心中挥之不去，也给开始注意自己在女生中形象的我留下了难忘印象。我既为姑娘的一往情深、至死不变心的自我表白感动，也为她的爱情和命运担忧：这段刚刚点燃的爱情之火可能要被她不解风情或想攀高枝的母亲用瓢盆之水浇灭哟！在这里，我也读到了一个女人从自由恋爱到结婚到兴家立业到最后被无情抛弃的个人婚史，看到了一枚爱情从星星点点的萌芽到蓬勃生长到光彩熠熠到枯萎飘零的全过程，也看到了一个女人闪烁的美丽多情，看到了一个丑恶男人的无情无义，看到了一个女人散落一地的情爱的碎片，看到了女性在那个时代的无奈无助的含泪的目光，甚至看到了人生世相的残酷和悲凉。这些诗句也许当时用笔抄录在了笔记本上，也许多读了几遍，也许有意记诵了下，无论如何，它们已印在了心上。甚至当时还萌发了一个"远大理想"：一定要追求一份完美的爱情，一定要拥有一个美满的婚姻，一定要善待自己的爱人！需要说明的是，这个目标已经圆满实现了。

后来，在一次高中暑假，我回到初中曾经就读的原万源市罗文镇花楼中学。一天我接受邀请，到一个亲戚家做客。当我走过"一道道的那个山来哟一道道水"来到一个山坳里，走入一个土墙灰瓦的小院里，在主人的热情迎候下正欲进入堂屋就座，一抬头看到一道堂屋旁边的门框，一下就怔住了。只见门框上悬挂着一副对联，一看就出手不凡，大有颜筋柳骨之风。更让我驻足不前的是其内容：

上联：桃之夭夭灼灼其华窈窕淑女君子好逑

下联：杨柳依依悠悠我心宴尔新昏如兄如弟

横批：之子于归

在这莽莽苍苍的荒僻之地，在这低低矮矮的小小院落，能看到这样一副笔力深厚并将《桃夭》《关雎》《东山》《子衿》等多首诗句融会贯通而又诗意贴切，寓意美好而又珠联璧合的对联，实在让人惊讶不已！虽然这并非"天对地、地对天，天地对山川、大漠对长烟"那般工稳对仗，但已让人像在路上看到珍珠宝石，非常意外和惊喜。我转身问主人家：

"你家才娶儿媳不久吧?"

"对头对头。"男主人笑答。

"这对联写得好喔!哪个写的?"

"哪里哪里哟!你高抬我了!是我自己麻起胆子为儿子儿媳写的。"男子一边不好意思地搓着手,一边憨厚地嘿嘿笑着回答。

"那对联谁编的?"

"我自己随便编的。见笑了!见笑了!"

大巴山深处一个整天与山林土地、背篼锄头打交道的淳朴的中年人还懂古奥的《诗经》,还能化用典雅的《诗经》,还写一手颇有功底的毛笔字!我不禁重新把他打量一番:这真是高手在民间啊!更让我惊奇的是交谈中我了解到,他只上了四年小学,这些东西都是他后来自学的!那一晚他用他家珍藏的用于招待贵客的"山珍"和酒肉热情地招待了我,并与我畅谈甚欢。联想到初二我到该乡一位同学家做客,第一次看到并完整地如饥似渴看完他读过一点私塾的老父亲买的一本《唐诗三百首》,我不得不对此地崇文重教的民风表达敬意。也让人产生"礼失而求诸野"的感叹。

没有想到,后来读大学中文系时,学的第一部分古典文学就是《诗经》中的许多篇目,更有幸的是,由有通州三才子之称、德高望重的雍国泰先生讲授。老先生曾受业于国学大师陈寅恪、史学大家徐中舒等,也是史学名家蒙文通先生青眼有加的高足。虽然他已年过七旬,讲起课来却内容丰美旁逸斜出,妙趣横生精彩迭出。他深情地讲述青年男女的相思相恋,他热烈地赞颂人间的至爱至纯，他疾言厉色地直斥始乱终弃者的薄情寡义，他感同身受地讲述战争和劳役带来的分离之苦。他甚至将《伯兮》之"自伯之东，首如飞蓬。岂无膏沐，谁适为容?"做如下的讲解翻译：

自从我亲爱的阿哥上了东方战场，

阿妹的头发哟

就乱得像鸡窝一样！

哪里是没有潘婷洗发露摆在梳妆台上，

同志哥啊！

我哪有心思把自己打扮得漂漂亮亮！

他声情并茂的讲解让人对这些简洁单薄得像骨感美人似的诗句不得不平添一份亲近和好感。而他在讲授《诗经》的课堂上还发生过一则佳话：

一位女生在他上课时，开小差搞"副业"，打起毛线衣服来。老先生看到后瞟了她一眼，女生仍未收手。老先生停下来，身子倚靠在讲台前，夸张地把脖子像长颈鹿一样伸向女生的方向。同学们以为将出现一场暴风雨，紧张得大气都不敢出。只见老先生和颜悦色地对大家说：

"我们有一位同学学了这首情诗后马上付诸行动，为情哥哥亲手织起毛衣了！嘿，小姑娘！小心点，不要把手戳到了哟！'潘先生在难中'，你也要保重喔！"

潘先生是对这个女生的男朋友，一潘姓男生的谑称，该男生那段时间遇到点麻烦，《潘先生在难中》则是中文系课程中叶圣陶先生的一部短篇小说，全班大笑，拍案叫绝。

　　一位耄耋之年的老人，在处理课堂事件时的涵养气度，灵活机智，情趣幽默，宽容包容，包括其心态的年轻，让人叹服不已！

　　幽默是什么？历史上已有许多大家经典论述，如马克·吐温，如林语堂等等。但我认为都没有雍也说得到位，他说："幽默是生活、思想、心态、情趣和智慧共同孕育出的思维的精灵，绽放出的语言的花朵，生发出的积极的能量"（雍也《龙泉山下遇铁凝》）。以老先生观之，信哉斯言！老先生令人称道、令人难以忘怀的幽默不正是如此吗？

　　在古典文学以《诗经》为重要内容的期末考试中，我考得很好，惹得老先生连连颔首含笑夸奖：孺子可教也！善哉！善哉！

　　"这些好东西都绝不会消失／因为一切好东西都永远存在／它们只是像冰一样凝结／而有一天会像花一样重开。"（戴望舒《偶成》）近几年来我有空偶尔也会研读《诗经》。这肇始于当初想引导00后已属于"新人类"的孩子，希望他在放眼看世界的同时，也回望了解优秀的中华传统文化；更是觉得，作为一个民间的土学者，作为一个把这个国家、民族、土地爱在骨头里的公民，有为中华优秀传统文化培一培土、捋一捋叶、消一消毒、浇一浇水的责任与义务。

　　　　　　　　　　　　　　　写于 2020 年 11 月 28 日至 29 日

　　　　　　　　　　　　　　　改于 2020 年 12 月 5 日至 6 日

標有梅 ムメ

集傳華白實〇
似杏而酢〇
陸疏廣要爾
雅凡三穉梅
俱非吳下佳
品一云梅柟蓋交讓木也
一云時英梅蓋雀梅似梅
而小者也一云杌繫梅蓋
杌樹狀如梅子似小柰者
也鋸脚道人和雪瞰之寒
香沁入肺腑者迺是標有
梅之梅爾雅未有釋文真
一大事

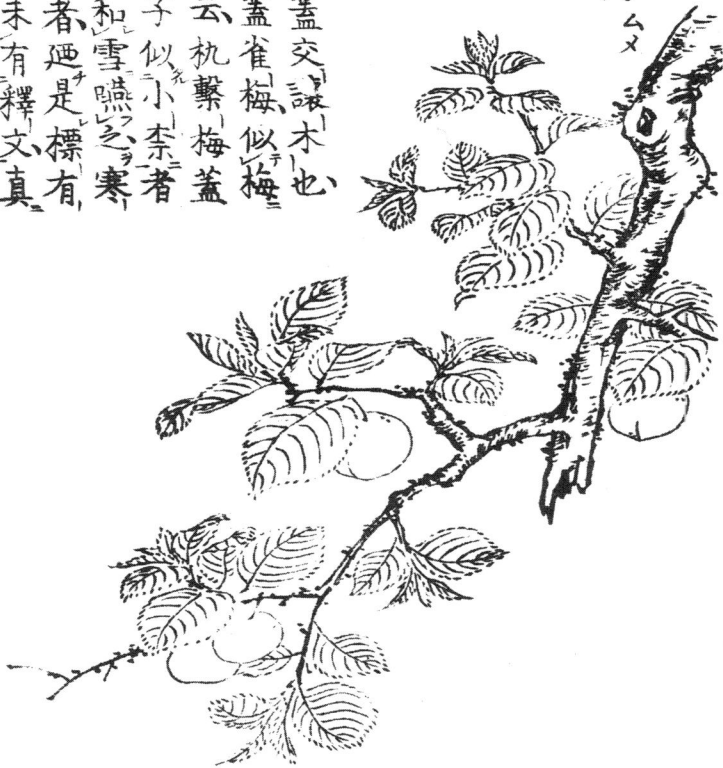

主要参考文献

1. 《十三经注疏》整理委员会. 毛诗正义. 北京：北京大学出版社，2000.

2. 朱熹. 诗集传. 上海：中华书局，2010.

3. 闻一多. 古典新义. 北京：商务印书馆，2016.

4. 闻一多. 诗经通义. 吉林：时代文艺出版社，1996.

5. 闻一多. 闻一多诗经讲义. 天津：天津古籍出版社，2005.

6. 程俊英，蒋见元. 诗经注析. 上海：中华书局，2017.

7. 钱锺书. 管锥编. 北京：生活·读书·新知三联书店，2007.

8. 傅斯年. 诗经讲义. 上海：中华书局，2014.

9. 白川静. 诗经的世界. 黄铮，译. 四川：四川人民出版社，2019.

10. 扬之水. 诗经别裁. 上海：中华书局，2007.

11. 流沙河. 流沙河讲诗经. 四川：四川文艺出版社，2017.

12. 流沙河. 诗经点醒. 四川：四川文艺出版社，2018.

13. 肖平，肖又尺. 客家人. 四川：四川出版集团天地出版社，2013.

14. 辰巳正明. 万叶集与中国文学. 石观海，译. 武汉：武汉出版社，1997.

15. 钱稻孙译；文洁若编；曾维德辑注. 万叶集精选. 上海：上海书店出版社，2012.

16. 谢无量.《中国妇女文学史》导读. 上海：上海科学技术文献出版社，2020.

17. 陈东原. 中国妇女生活史. 北京：商务印书馆，2015.

18. 罗慧兰，王向梅. 中国妇女史. 北京：当代中国出版社，2016.

19. 陈正平. 中华民俗文化论稿. 北京：中央文献出版社，2007.

20. 胡淼.《诗经》的科学解读. 上海：上海人民出版社，2007.

21. 李美群，胡远慧，佟羽佳. 广东客家山歌. 广东：广东高等教育出版社，2018.

22. 向熹.《诗经》语文论集. 四川：四川民族出版社，2002.

23. 林赶秋. 诗经里的动物. 重庆：重庆大学出版社，2010.

附录：

回首云山久徘徊
——写在雍国泰先生百年诞辰

　　那一天，中文系主任张治中先生满面春风地走进我们上大课的教室讲台，兴奋地对大家说："同学们，我们荣幸地邀请到中文系著名老教授雍国泰先生重返教坛为你们授课！"

　　讲台下的一百余位学子一片欢呼。因为我们早已听师兄师姐眉飞色舞地讲过这位名列"通州三杰"之一的老先生的轶闻趣事，说他如何才高八斗，说他如何特立独行，说他如何幽默风趣……"大学非大楼之谓也，大学乃大师之谓也"，能够得雍老先生这样的名师"传道授业解惑"，难道不是三生有幸吗？而且作为同乡同宗晚辈的我，早已从父辈乡亲们的口中知悉其少负神童之誉饱读诗书，"青年负气出隆中"英俊潇洒，中年时乖命蹇怀才不遇，老年"虽是近黄昏"却"夕阳无限好"。后来我们还了解到，先生曾受业于国学大师陈寅恪、钱穆，也是史学大家蒙文通先生青眼有加的弟子。

　　一会儿，一位身材高大、体型富态、大度从容的老人像一座移动的山，迈着缓慢而沉稳的步子走进了教室，向大家微笑致意。现在回想起来，那形象风度真是《论语》中孔子的"矛盾统一体"形象——"温而厉，威而不猛，恭而安"。

　　考虑到其已是耄耋之年，也是尊重礼遇，系领导专门安排上课前为其搬来椅子，并配上话筒。实际上这些工具后来都被"打入冷宫"。因为老先生金口一开声如洪钟，每一个角落都清晰可闻，让人为之一振，而且"指点江山，激扬文字"，根本不愿乖乖坐着照本宣科！他在讲授一篇篇古诗古文时，常常旁逸斜出，机锋迭现，妙语如珠，令人或忧或喜，或悲或叹，或细思顿悟，或哄堂大笑。他常常批评书上哪处"打胡乱说"，历史上哪些习以为常的说法是以讹传讹，社会上哪些司空见惯的现象让人"眼睛发胀"，他甚至夸张地模拟出歌手们手捧心窝痛苦万状地"哀嚎"，让人看到一个"我思故我在"，不愿"随人说短长"的独立不羁的灵魂。在讲到《关雎》《伯兮》《长恨歌》等爱情诗时，他更是容光焕发、神采飞扬，毫无老人的矜持沉稳，更无某些老人常有的僵化刻板。"青年男子谁个不善钟情？妙龄女子谁个不善怀春？这是我们人性中的至洁至纯"（郭沫若译《绿蒂与维特》），让人仿佛看到他意气风发、风流倜傥、光彩照人的青春风采。

　　听他的课和与他交流真是如沐春风如闻梵音，也让人感到一个老人旺盛的生命活力和卓尔不群的思想活力，像窗外漫涌而来的阳光，温暖而明亮，葳蕤而蓬勃。这对于无论是被应试教育驯化得谨小慎微、"目光如豆"的学生，还是有"乘长风破万里浪"之志心高气傲的学生都是一种唤醒和点亮，一种指引和点化，一种润泽和滋养。

有一年暑假，得知先生返回家乡，栖居在渠县县城老友家里，与老友诗酒唱和书画往来。因受老人关爱栽培甚多，于是盛情邀约他到位于乡下的我家做客。没想到他竟然答应了。那时，我们村还未通机耕道，这位大约七十五岁的老人在大公路上下车后，顶着骄阳，冒着酷热，在我陪同下，一路摇着蒲扇，一路揩着满头的汗水，走了三公里多乡间小路，来到我家。那顿饭是我和父亲为他做的普通农家饭菜，外加专门买的一点肉，他却一点也不嫌弃，吃得很开心，龙门阵也摆得很开心。下午他又冒着暑气，摇着蒲扇，一路揩着满头的汗水，像座缓慢移动的山，沿着乡间小道一步一步走到大公路上，乘出租车回去了。

后来我想，他能屈尊俯就来我家一趟，当然是因为他重信守诺（此前曾邀请他回乡后来我家，他也答应过了），也是因为我深深的尊师情和他浓浓的爱生情啊！

他对我和王勤虹等好学上进的年轻人十分厚爱，经常邀我们到他的家中聚会聚餐，好酒好肉招待。除与王膏若、章继肃、尹祖健等老友经常来往外，他对罗伟章（现四川省作协副主席）十分欣赏，一段时间不见面就电话邀约到他家吃酒。两人谈文学历史、家国人生、社会时事，山南海北可以聊上半天甚至一天。他浑厚顿挫不紧不慢的大提琴般的声音和罗伟章那钢琴般明亮爽利的声音，以及像"子路、曾晳、冉有、公西华侍坐"的我等的言笑，尤其是他们不时爆发的烟花一般绽放的"天真无邪"的欢笑，构成一曲多声部的动人交响。这样的谈笑即使在阴霾笼罩的日子里回想起来，也是一道破空而来的明媚阳光，一片草长莺飞百花盛开的灿烂春光。

在品茶饮酒中，先生给我们娓娓道来他有广大田产、有家丁持枪护院的地主家庭，他会写一手冠绝一方柳体字、会讲授四书五经、会弹琵琶，且在江湖上"操袍哥大爷"的父亲，他的童蒙私塾及求学成长经历，包括少年趣事与"反右""文化大革命"中一些不堪往事。他甚至在一次闲聊中兴之所致背完了他高中时一段意气风发充满爱国情怀的作文。至今还记得他讲的曾为他授课的陈寅恪先生一段往事：陈先生身着长布衫，手提布书包，瘦骨嶙峋，面容憔悴，双目微闭，上课内容"神出鬼没"，想到哪里说到哪里，这一周讲了半截，下一周又讲到其他方面去了，留出巨大空间，让学生自己去填补。声音细微不清之处，由讲师板书。一次下课后一学生随口问环肥燕瘦的杨玉环体重多少。陈不假思索答：135 磅（约合 61 公斤）。让人惊奇不已。

正如雍国泰先生在《闲云集》前言自述所言："勿附势利，勿扣权门，不求不义之财，不贪不实之誉。"他对官场中的贪污腐败和官场人中的曲意逢迎，以及一些人的趋炎附势、见利忘义、追名逐利、不学无术表现出发自内心的厌恶和不屑，有时甚至是勃然变色、拍案而起，活脱脱一个"刑天舞干戚，猛志固常在"的老愤青。

我曾小心翼翼地求他写一幅字，因为他不轻易答应题字，甚至像阮籍善使青白眼一样，对某些人不屑一"题"——当然更多的是谦虚的"雍氏幽默"："我那字登不得大雅之堂喔！等我以后练好了再说吧！"不料他却慷慨地答应了。我拿到手时更是有意外的惊喜：他在我请求写的"仁者无忧、智者不惑、勇者不惧"一语后还增写了一段话："好学近乎智，力行近乎仁，知耻近乎勇。"我知道，这里面有先生对我的关心厚爱、热切期许啊！

他彻底退休后，对所有前去看望的朋友弟子必定再三挽留，让保姆安排好酒好肉招待一番才予放行。

以下兹录几首先生的诗作诗句，从中可见其襟怀境界、人格操守、精神风骨、意趣情怀，甚至壮志未酬的隐痛，当然也可见其深厚的古诗文功底：

傲岸悬崖云外边，
严霜烈日意悠然。
淡妆不改天姿色，
摈却铅华分外妍。

——《咏松》

垂暮方知万事非，
常凭谔谔定依违。
身无媚骨谐人少，
合对落花送夕晖。

——《思过》

琴碎音消思邈然，
闲云野鹤任留连。
多情唯有威州月，
犹自夜深伴客眠。

——《汶川杂兴（一）》

小窗明月客衣单，
孤枕薄食滋暮寒。

风动梧桐人静后，

幽然一梦绕通州。

——《汶川杂兴·五》

一室未云陋，镇日长闭门。

梧桐护窗绿，芙蓉绕宅生。

池塘漫秋水，鹅鸭逐鱼腥。

庭院饶佳趣，岚烟幻晦明。

蛩吟知漏永，鸡唱报晨兴。

添香无红袖，伴读有青灯。

览观足坟典，交游尽古人。

运览锤意志，起舞长精神。

举觞对皓月，抱膝独长吟。

壮怀苦未酬，可怜白发生。

飞鸿正东逝，一纸遥寄君。

——《闲中吟》

一纸欣然展旧容，

青年负气出隆中。

若非先帝有三顾，

诸葛沉沦与我同。

——《览六十年前旧照》

少年意气与天齐，

蹉跌多因马失羁。

——《郭君绍岐提示遂诌一律转赠郭君》

壮怀亦有冲天志，

白首空成覆瓿篇。

——《反思》

夕阳依旧灿如锦，
莫向琼樽说暮年。

——《晨起偶成》

先生是有家学渊源、扎实学识，有很高人格修养，具备道德风范的老一辈知识分子的代表，也是受教成长于民国年间、初露锋芒于 1949 年之后、沉浮淹没于"反右"及"文革"年间、苏醒焕发于改革开放之后的一代知识分子的缩影。他是一位真正堪称"身正为师、德高为范"的师者，一位宅心仁厚、关爱青年、奖掖后进的长者，一位有很浓家国情怀并有"立德、立功、立言"之志的儒者，是我有幸亲历亲见的可敬可爱的具备大家风范的最后一个儒家。

老人在 95 岁高龄驾鹤西去，让弟子们顿生"太山坏乎！梁柱摧乎！哲人萎乎！"之叹！

斯人已去兮，化为春泥；
斯人已归兮，化为云山；
斯人已远兮，化为星辰。

写于 2020 年五一劳动节

附录：

作家专家点评

　　《诗经》的内容相当丰富，反映了周人农牧渔猎、婚恋风俗、建筑娱乐、部族繁衍、徭役战争方方面面的生活状况，生动表现了周人的七情六欲及宇宙人生、伦理道德、历史文化、宗教哲学等各种观念。诗中活动着从天子贵族到农奴贱隶等形形色色的人物，展示了极为丰富的生活场面。历代阐释《诗经》的著述汗牛充栋，成为一部说不完的《诗经》。雍也的这本书，主要取材于《诗经》最煽情、最接地气、最具文学价值的部分即"国风"（本称邦风），运以比较文学和"六经注我"的方法，结合文艺学、历史学、民俗学等多学科知识，以及生活经历经验等，撰成作者自称为"杂交体""四不像"的约二十篇文字，然逸兴遄飞，角度新颖，旁征博引，娓娓动听，不失为欣赏《诗经》园林的优质导游。

　　——周啸天（中国诗词学会原副会长，四川大学教授，鲁迅文学奖得主）

《诗经》时代是中华文化趋于定型的时期。人与天地万物、人与人、人群与异族等关系的歌咏，乃是文化经脉的厘定与弘扬。在作家雍也笔下，他对《诗经》的回望是身体力行的，是落地于巴蜀大地的，是着眼于未来的，这足以显示出《诗经》的恒常意义。尤其是他对名物诗的彰显、对宴饮诗的还原、对战争诗的生发、对婚恋诗的转喻性发挥，充分展示了作者的现实生活立场与文化价值取向。与其说《回望诗经》是21世纪向伟大经典的致敬，不如说作者就是《诗经》当中"兴观群怨"的在场者。

——蒋蓝（中国作协散文委员会委员、四川省作协散文委员会主任）

如果说《诗经》是一座无尽的宝藏，那么雍也就是一个带着历史磁针和神秘语言工具入山寻矿的人。古往今来，《诗经》寻矿人前赴后继，络绎不绝。如何从一眼望不到边际的寻矿人马中脱颖而出，另辟蹊径，寻找并开掘出自己的矿脉，雍也用一部娓娓道来的《回望诗经》给出了答案：他在王国维的二重证据法（地上文献与地下文物）和黄现璠的三重证据法之上（加上田野调查口诉史料），再添了一重宝贵的，甚至唯一的证据：个人的生活与心灵史料！

——向以鲜（诗人、四川大学教授）

跋：

一册小书勘大千
——雍也随笔新著《回望诗经》跋
凸　凹

1

望着书房案头雍也随笔新著《回望诗经》付梓前的一沓厚厚的打印稿，用一句大路货的说法来表达一下心情的话，那就是：百般感佩，万般艳羡，"惊诧莫名"。

《回望诗经》大致可归为解读《诗经》一类的著述谱系——虽然作者并不一定认可这一描述。

之所以言"大致"，盖因其解读的方式、路径，尤其文体，既不与那些中规中矩符合社科章程的课题同，亦不与那些不中规不中矩完全不靠谱的逻辑同。复盘作者的解读文本，里面既有散文、随笔、论文、杂文、诗歌、翻译、校雠、田野考察等行文范式杂糅其间，亦有赋比兴等成文手法、美学手段不断加持——大家伙儿共同使劲，将文章推进只属于雍也的特色路线与标签。

虽则如此，如果非要给《回望诗经》体裁定个位，那么，无论从文本的肌理和品相看，还是以"天下文章除了小说、诗歌，皆可归于散文随笔类"之论视之，择其大要，我以为还是谓曰随笔相对合适些。

2

构成全书总成的，是近二十件自守一局、独立成章又相互照应的作品，少则两三千字，多则一二万字。

《一望无际的爱情》呈现了爱情在《诗经》中的美好生态。爱情之一字一音，千姿百态、繁花似锦，自由而葳蕤地生长出了对生活，对生命的歌唱、热爱和感恩。本文打头就是雍也自己的一首现代抒情诗《〈诗经〉里长满郁郁葱葱的爱情》。荣幸的是，本人一首名《最怕》的民谣体小诗，也入了作者法眼，被举为佐证案例，移植到文字的爱情百花园。

《〈诗经〉之舞·华夏之舞》写的是在那诗、歌不分家，歌、舞不分房的年代，华夏大地，从民间习俗到官方活动，遍布着舞蹈的风声、云彩和花香，令人心向往之，恨不能玩一场穿越大戏。在对汉民族舞蹈为什么日渐式微的自问自答里，作者给出的几点意见，我以为是挠到了痛痒、点中了穴位的。

在雍也的视态里，姑且不管《诗经》中的那些女子有无爱情、结局如何，单就她们的品相、风姿、脾性、活法、智灵和服饰首饰而言，那都是自由蓬勃、风情万种、风过留香，令后世女子遐想无边却不能得。《女性的黄金时代》着意讲述的，正是这一美妙风景的大面积流布。雍也同时指出："而《诗经》中的男性形象并不丰富，基本上可分为两大类，一是'直男'型，即一往情深型；二是渣男型，即薄情寡义型。"

爱情是建立在对异性身体气息和精神气息倾慕之上的。就是说，性爱是爱情王国顶顶重要的渴念、甘泉与支柱。而爱情和性爱，又是诗人写诗的一个无以替代的驱动源与引爆点。连孔子这样的圣人都被孕于生于空桑之地。《爱情的源头》从这一向度检索查证了《诗经》中夹杂在爱情诗里的那些又古奥文雅又直白大胆的性爱火焰。

"彼候人兮，何戈与祋。彼其之子，三百赤芾……"《候人》就这样来了，是《诗经》的曹风把它吹来的，可它言说的是个什么鬼呢？对此，卫宏、郑玄、孔颖达、朱熹、姚际恒、郭沫若、余冠英、闻一多、流沙河等各朝各代人物都从自己的认知提出了各自的看法。雍也对此也深感有话要言，不吐不快，于是用《打开一首诗歌的钥匙》一文抛出了自己的观点："爱情，也只有爱情，才是打开这首晦涩难懂诗歌的钥匙。"

《〈诗经〉也有幽默》将《诗经》的幽默厘清甄别出来加以阐解，大体有两类，一以男女调笑为主，一以讽喻时政为重，共约二十余首。青睐这两类材料，何尝又不是古今中外经典文学之所以成为经典文学的一大价值取向？人类社会的健康生长，仅仅颂扬是不够的，失之偏颇是会出问题走弯路的。

《小公务员的牢骚》细数了辛劳奔波在《诗经》中的那些下层官员，由于生存发展种种不顺不爽，幸福指数低下，而对周遭方方面面发出的牢骚和抱怨。

作者在《〈诗经〉里走出来的好干部》中，一方面鉴定表扬了《诗经》中一批"总体上尽忠任事，勤勉有为，亲民爱民而且忧国忧民"的好官员，一方面引经据典，开宗明义彰昭了自己认同的为官之道。

"论者几乎都认为《诗经》中的国风是来自乡村的风"，但雍也偏不认账。在《城市民谣》中，他凭借灵敏的嗅觉，以福尔摩斯的侦探式手法，从字里行间、蛛丝马迹中寻到了别样气象——《有女同车》《关雎》《桑中》《静女》《出其东门》《子衿》等，皆属城镇市民或高亢或低吟的古老歌谣。

读《客家话与山歌里的〈诗经〉遗风》之前，读过雍也发表在《人民日报·海外版》上的《龙泉山上客家话》。能在同一块土地上深耕细作，运笔自如，反复出彩，显然说明他对客家及其客家话是熟悉且深怀感情的。怎么能不呢？倘你知道，他在四川客家方言岛东山地区的龙泉山教过客家娃的书、当过客家古镇洛带的地方主官、娶的妻是位客家妹子，就该明白个中情缘了吧。缺失这个经历，文章是不能这么出来的。这就像不懂客家话的人读《诗经》，总会在一些字的发音上颠簸卡壳，怎么也押不上韵，顺溜不下去，更唱不出成形的音乐来。

《周朝勃兴的秘密》这样的题式，按说与言志与歌咏为主业的《诗经》，一毛钱关系没有，应该在其他古籍中找，在地下挖。但雍也眼尖，偏偏在《诗经》中找到了——《绵》《敬之》《鹿鸣》《庭燎》等尽皆走出经卷为他站台说话。

《一部婚恋史》只是借《诗经》引出话题，或是借《诗经》中女人们相对安逸的三个婚恋演变阶段，来深写和比对先秦之后各朝各代女人们深陷在伪道德家用封建礼教编排的罗网中的悲摧、愚昧的婚恋史。作者对这一节可谓动了大情感，写得字字血、声声泪。

孔子对《诗经》的编选不仅有广大的宽容仁爱之心，亦对《诗经》进行了诸多点石成金的总体性评判。《〈诗经〉第一粉丝》即是对孔子评判之语的深研细磨、褒赞有加，以及对他者施加在《诗经》上的妄言进行有理有据的学术驳斥。其实，不光孔子是《诗经》的第一粉丝，雍也又何尝不是孔子和《诗经》的一位共情的热血大粉丝——否则，附体在"子曰"词根上的信息怎么可能变成他的笔名和"五育并举"的教育理念；否则，他又怎么可能以专著《回望诗经》走近《诗经》躬身以遥远的致敬？

《诗经》与日本最早的诗歌总集《万叶集》虽然隔着海，尤其隔着时间，但雍也还是从两部总集的具体文本入手，以《日本〈诗经〉亦多姿》道出了二者的源流、异同、优劣和影响。

3

显然，雍也的解读，不是翻开《诗经》，照本宣科，一诗一句一字解，而是从《诗经》中提拎出让他觉得有意思，又有话可说的爱情、舞蹈、女性、官员、幽默等主题，来展开、深入和研判，甚至还突破国境线，从他国的角度、用他国的刀子来做见筋见骨的庖丁式解剖。

针对初设的主题，他的解读也不只是从古籍到古籍，从毛公（毛亨、毛苌）／"毛诗"到朱熹／"朱诗"，从知识到知识，从观念到观念，从词到词，从字到字。这样的解读，哪里有呼吸、有温度、有跳动的心脏，不是跟解剖一具僵尸没有区别吗？他不想让自己多年来苦其心志、劳其筋骨、饿其体肤修来的复合手艺，简化为搬运工和组装工的活儿。

他是用知识态、思想态、经历态、时代态和国际态"五态并举"的方式来进行解读的。这个，是他自己的立项、自己的课题、自己的学术。

他的知识不可谓不富饶，四书五经六艺，仿佛就码放在他大脑的抽屉，用的时候，信手拈来，就像药铺的伙计取药一样，当归天麻，二钱五钱，闭着眼都能准确抓出。事实上，他的记忆力很棒，好些诗文，都可随口背出。我的成都文友中，背功了得的，除了向以鲜教授，就算他了。没有这个硬功夫，要在短短几个月内，用被繁忙公务挤对得只余少得可怜的一点时间写出《回望诗经》，无疑痴人说梦，万户升天。这点时间光是找线索、查资料都远远不够，而写作中的好些知识性问题，也不是靠查资料就能解决的。他大脑的抽屉里还码放有现当代资源，甚至小说资源——比如在《一部婚恋史》中，他说着说着一顺手就引用了陈忠实《白鹿原》白嘉轩的七桩婚姻案例。

他思想的龙骨，似可用平民主义、理想主义、英雄主义、唯美主义、爱国主义"五主义"来指代，当然，也可称"五精神"。至于人性关怀、自由精神、独立立场等，也都裹挟其中了。它们钳扭在一起，钢筋一般恒定、执拗、尖锐，发出一位中年悍汉兼白面书生的铮铮之声。

经历的力比多不仅指向经验，更是生命的存在图腾。拼接

《回望诗经》中支离破碎的雪地踪迹，结合作者另两册书《龙泉山笔记》《血脉中的驿路》透露的消息，我们大致可盘查出雍也的出处和人生经历。他于二十世纪七十年代出生在古賨国核心地渠县一户农村家庭，有过在大巴山腹心地万源市乡下读书的好时光，有过被识文断字、操多门手艺的父亲治好怪病死里逃生的万幸与后怕。从高校中文系毕业后，在龙泉山上当过乡村教师，龙泉山下报社当过记者，政府办做过文员及领导，两个大镇任过要职，现从事教育部门管理工作，并把工作之余的阅读、写作当作对马不停蹄繁忙工作的休整、换脑、加油与平衡。关于散文写作的观点很多，此处不多说，只说一点，我个人是特别赞成将第一人称"我"，尤其"我"的身体行为与亲历摆进作品中的。否则，我会认为文章作者缺乏诚实、真情和勇气，文章也会因匮缺人证、物证和活物的呐喊失之轻飘和说服力。雍也能将解读《诗经》这样的活儿干好，甚至干得比好些象牙塔里的学究更好，一个重要因素，是他那些已然走远的经历专程跑回来帮了他的忙。由是，我们得以在《客家话与山歌里的〈诗经〉遗风》《周朝勃兴的秘密》《日本〈诗经〉亦多姿》诸篇中，见到他橐橐行走的趔趄身影。一脸死板如蜀地乌木的文章，被他行走的风浪吹得活泛起来，有了春天和大海的生气。

　　每一个时代都有自己的书记官。每一个时代都有自己不同的文书。诞生于《诗经》时代的《诗经》，既属于《诗经》时代，又不止于《诗经》时代，这也是为什么各朝各代都要拼命解读她、传承她的道理，这同样也是佐证大家伙儿不得不认同的"所有的历史都是当代史"这一说法的现实底由。我一贯认为，我们之所以考古、研究历史，一是还历史真相，知道自己是谁，从哪里来，有些什么故事，二是让历史给出她的当代意义，给出我们活着、活下去的理由与勇气。一句话，我们在无边时空中的存在，需要有个说得过去的说法。雍也的文本，无声地支持着我的观点。收入书中的文章，篇篇都是立足当下，回望历史，瞭望未来。为了与时代语境合拍，他甚至将《诗经》中的高层低层官员，通通以"公务员""干部"呼之。如此一来，历史就近了，活了，文字的石碑就飘出了我们看得见、摸得着的人间烟火味。

　　至于他在对空间的左右掉阖中抛出的国际形态表情包，拆开包装，你会发现内里全是干货——没错，他不惜专门著述《日本〈诗经〉亦多姿》一文来加持自己的学术特质。他清楚地知道，解读《诗经》，仅仅在时间纵向坐标布力是不够的，关起门来更是故步自封、井底之蛙。于是，他的青鸟挣脱时间桎梏，展开了扎实的横向飞越比较的对垒战。

4

　　关于《回望诗经》的文学建构，在这里简单说几句。之所以说"简单"，是因为我在另两篇文章中已详述，而《回望诗经》的文学策略依然脉承了作者一以贯之的创作墨线。

　　从上述的查验可看出，《回望诗经》是一部以多文体杂糅的形式解读《诗经》的随笔作品。

　　其语言朴白，字词不事雕琢，直来直去，径奔主题，基本没有绕来绕去的废话和花招。宁愿不够美饰，不够蓝天、白云和皎月，也要向大地致敬——向间巷俚语、乡土民俗、妇孺"草民"致敬。从喜用排比句铺衍、句子宏长和造句音韵换气方式看，他有着篮球人和练家子的很好的肺活量。此外，还有一种毛体白话文的味道与智慧，更有一种嬉笑怒骂皆成文章的血脉惯性和底气十足的鲁迅式自信。其灌注在词锋里的犀利、生猛、独到的思想，往往以幽默出之。此，构成了他的文风、文格和文胆。"一听到你们说这首诗是咏'后妃之德'（《毛诗序》），我们就笑得'花枝乱颤'：呵呵，前辈，这与后妃八竿子打不着，你说个铲铲！"（《一望无际的爱情》）读他的古诗今译，更会忍俊不禁。

其逻辑与条理有着公文的审慎、严谨和精准，却比公文更生动和有趣。

其结构方式及叙述手法，主要是调集文学句态/论据，按照对主旨/论点的逻辑推导而趋进的。而此过程中的文学冲突和矛盾爆点，则是由"然也""非也"的果决对抗、无情厮杀来实现的。"与孔子对《诗经》的青眼有加赞颂有加及'《诗三百》，一言以蔽之，思无邪'的论断相比，朱熹之徒的眼界、境界、格局、修为和心灵，对社会人生的认知省察高下立判，简直有云泥之别！"（《一望无际的爱情》）在这里，对孔子是"然也"，对朱熹是"非也"。"《草虫》当代许多版本都将其解读为女子思念丈夫。我一看就想笑。其实，只要搞清了'觏'字，一切就豁然开朗了。"（《爱情的源头》）这个是"非也"。"我认为这种解读是错的，这不是一首政治讽刺诗，而是一首爱情讽刺诗。"（《打开一首诗歌的钥匙》）这个也是"非也"。雍也更多地使用了"非也"的撒手锏，而后用自己的主张、经验、推论去呈现那个"然也"。

如果只允许用四个字来介绍这部书，我能给出的意见，正是一针见血不容置疑的"然也""非也"。

<h1 style="text-align:center">5</h1>

诗无达诂，文无达诠。解读《诗经》，谈何容易？自《诗三百》编竣诞生迄今，两千六百年间，解读者何止万千？

作为后来者，雍也敢再起炉灶，另成一解，胆子着实不小，更令我"惊诧莫名"。行家一出手，就知有没有。看罢《回望诗经》，别说，他还真有。

那他如何与《诗经》结缘？写这本书的底气又是来自哪里？他用《结缘〈诗经〉》一文回答了这些问题。

他最早接触到的《诗经》，是他那农妇外婆咂巴着嘴唇于笑骂间冒出的麻雀一样的乡间日常土语。他第一次捧读的《诗经》篇章来自初中时其幺爸订阅的《妇女生活》杂志。他的第一位语文老师是他父亲——他五六岁就能识字读书。

在书刊比油水都少的川东农村，他记得他初中时看得最多的一本杂志，是《妇女生活》。我相信这本杂志正是使他成为炻耳朵和暖男的滥觞——我见过他与他的客家妻子素常的举案齐眉、执手对望、相敬如宾的礼仪古风。再者，他为妻子写下多篇诗文，在解读《诗经》的书中让女人、爱情、婚恋的内容超过半数以上的体量，都应该与一位怀春少年看的一本当时堪称时尚的妇女杂志有关。事实上，他对题材、体量、权重的安排，也并非完全夹带私货——《诗经》中关涉女人、爱情、婚恋的篇幅何尝不在半数以上？至此也能理解为什么他把《一部婚恋史》写那么长又那么疾恶如仇，让人走出书房还能感受到文字在纸背颤抖。

但真正把他领入文学殿堂的或许是他的雍国泰老师。

雍国泰先生不仅是雍也的本家，还是沾亲带故的渠县邑人。文庙至今坚挺的渠县不愧为古賨国故都，还真个是出文化的地方，仅现当代就走出了王小波、李屹、杨牧、周啸天、任芙康、贺享雍等有名有号的人物。

雍国泰先生曾受业于国学大师陈寅恪和史学大家钱穆、徐中舒，也是史界权威蒙文通先生青眼有加的高足，在国学、史学、古典文学方面造诣颇深，系"通州三才子"之一。

二十世纪七十年代末，雍国泰先生调入达师专（达县师范专科学校）执教，十余年后，雍也执弟子礼成为他的学生。正是博古通今、豁达开阔、诙谐幽默如渠江之水的教授，让雍也的思想窄门、文学天眼轰然打开，从此笔下有神，一发不可收。前边说过，雍也的文风有毛体的影响，没有说的是，其实更有他这位本家老师的影响。尤其古诗今译，堪称顿悟到位，承袭有方，得了先生真传。先生在九十五岁高龄驾鹤西去后，雍也撰挽文深切怀念道："他是一位真正堪称'身正为师、德高为范'的师者，一位宅心仁厚、关爱青年、奖掖后进的长者，一位有很浓家国情怀并有'立德、立功、立言'之志的儒者，是我们有幸亲历亲见的可敬可爱的具备大家风范的最后一个儒家。"（《回首云山久徘徊》）蜀中李明泉、罗伟章、谭力、雁宁、张建华、郝志伦等文学名家，均在先生处收获有教益。

至此，一个画面凸腾了出来：雍也解读《诗经》的初源、能量与激情，无不来自川东地区他那土里巴叽、文风蔚然的一抔乡土。

6

《回望诗经》既是解诗经，亦是对前人解《诗经》之解文的再解，依常例，可谓之"雍诗"。用作者自己的话讲："因此它已是雍也的《诗经》。"（《后记》）诗言志，雍也的解诗，亦言志。

"《诗三百》，一言以蔽之，曰：思无邪。"这是孔老先生说的。此刻，我想说的是，《回望诗经》，一言以蔽之，曰：思无邪。

"雍诗"让我们认识到诗经之洁美，之人性，之开阔。在新冠肺炎疫情此消彼长的这个不见飘雪的寒冬，谢谢"雍诗"为我们带来的激动、安静、温暖和美好。

一册薄薄书香的诗教，竟可以被寓得这么皮实、喜乐和润物无声！

2020 年 12 月 13 日至 17 日

凸凹，本名魏平。诗人、小说家、编剧。中国诗歌学会理事，四川省散文学会特邀会长，成都市作家协会副主席，《南方周末》年度好书（虚构类）推荐评委。

后　记

　　这册小书是散文？是随笔？是杂文？是论文？是小品文？是，也不是。因此它是"杂交体"，是"四不像"。之所以如此，是因为面对《诗经》这座中国文化当然也是中国文学的第一座高峰，面对这笔洋洋大观丰美的文化遗产，我的目光是极为复杂的：崇仰的，激赏的，青睐的，惊喜的，疑惑的，探究的，遗憾的，痛惜的……非单一的文体所能传达之。

　　这册关于《诗经》的小书是对《诗经》的解读？对《诗经》的解剖？对《诗经》的解构？对《诗经》的解放？是，也不是。解读是因为《诗经》太古奥晦涩，解剖是因为它骨骼肌理太复杂，解构是因为它在历史的土壤里存放太久太板结，解放是因为它受到了历史上儒学家、理学家太多太紧的捆绑束缚……任何单一方式完不成对这部伟大作品的欣赏省察。

　　本书是雍也站在前人肩膀上拂去《诗经》一身岁月风尘，擦掉后人为其涂抹的一脸浓厚脂粉，凝望打量，抚摸梳理，从人性相近、人情不远、有稽可证、有迹可循角度得出的一孔之见，一得之见，并以个人、历史、文学、社会、家国等经历、情感、事件、资料连缀之、佐证之、比对之、贯穿之的作品，这可以证明雍也写作此书有着"巴蛇吞象"的野心：他竟然想写一部"思接千载视通万里"，甚至有丁点"究天人之际，通古今之变，成一家之言"味道的书，这明显是他的才华、学识、精力、眼界、境界的不可承受之重。因此它只是雍也的《诗经》。

本书所有篇目均为我 2020 年以来利用周末等节假日和晚上（偶尔也有清早）休息时间阅读、研究、思考、写作，并利用 2021 年元旦假期等节假日休息时间校核而成。成书过程中，得到李明泉、周啸天、伍立杨、蒋蓝、向以鲜、凸凹等先生或朋友关心鼓励甚多，并有幸获阿来、邱华栋、任芙康三位先生联袂推荐，在此特表谢意！与此同时也要感谢家人支持。如果妻子儿子认为我是不务正业，在家不做家务，不多陪他们，这个事情就只有空了吹。

《诗经》是我们民族青少年时期嘹亮灿烂的歌唱，是早熟早慧的少年天才般的作品，值得我们倍加珍惜，好好传扬。本书作为一个业余爱好者、业余研究者、业余传播者、业余写作者写出的作品，虽然本人希望它不是业余水平，但作家的作品一旦交付出版社，就像母鸡下的蛋，其形状，蛋白质，口碑都只能听天由命啦。因此文中的不当与浅陋谬误之处一定不少，敬请方家批评指正。

文中的插图，除标明出处的以外，均来自 18 世纪日本冈元凤编撰的《毛诗品物图考》。对这些"古今中外"的插图提供者一并表示感谢！

特别说明：书中附了一篇《回首云山久徘徊》，看似莫名其妙，实则别有深意：向教诲我、栽培我、厚爱我、期许我的恩师，"我有幸亲历亲见的可敬可爱的具备大家风范的最后一个儒家"雍国泰先生表达敬意与谢意！

写于 2020 年 11 月 29 日